I0571390

# B. A. FUCHS

# ARGENTINA

Prosaschleuder Verlag, Rheurdt

www.prosaschleuder.de

ISBN: 978-3-945149-09-6

Der Umschlag wurde gestaltet unter Verwendung der Grafik »DNA sequence, Nucleotide sequence.gif« von Gregory Podgorniak. Der Urheber der Grafik ist in keiner Weise den Inhalten dieses Romans verbunden.

# 1

»Sicher, dass ich den töten soll?«, fragte ich ins Leere. »Der ist blond und blauäugig ... gute, arische Gene ... Ich stelle mich gerne zur Verfügung, die Samenspende zu entnehmen.«

Ich musste kichern. Müller fand das nicht lustig, begann vielmehr zu zittern. Galgenhumor scheitert, wenn er vom Henker kommt.

»Ganz sicher«, sagte Albrecht über Lautsprecher. »Erschießen Sie ihn. Beweisen Sie mir, dass-«

»Ja, ja.«

Ich trat hinter Müller, legte meinen linken Arm um seinen Hals und ruckte den Kopf nach hinten rechts. Es knackte, Müller starb fast sofort und ohne allzu viel Schmerzen.

Nehme ich jedenfalls an, ich spreche nicht aus Erfahrung. Mehr konnte ich kaum für ihn tun.

Natürlich hätte ich ihn erschießen können, ein fünfundvierziger Loch im Kopf wirkt noch schneller. Aber ohne Unterschallmunition und Schalldämpfer wäre das in so einem kleinen Raum zu laut gewesen.

Schwerhörigkeit ist eine unterschätzte, aber verbreitete Berufskrankheit in meiner Branche.

Albrecht kam aus seiner Zelle in der momentan richtigen Annahme, dass ich ihm nicht auch den Kopf zurechtrücken wollte und musterte die Leiche.

Mir war es zu still.

»Quino und Urban sind perfekt, Saldana und Pine sind okay, aber Pegg? Nichts gegen Pegg, ich würde ihm ins Winchester folgen, aber er als Scotty? Echt jetzt? Und dann entdeckt er die Methode, sich an Bord eines Raumschiffes zu beamen, das mit Warp-Geschwindigkeit unterwegs ist. Und endet als Maschinist an Bord eben dieses Schiffes. Man sollte meinen, dass der Mann, der Raumfahrt eigentlich überflüssig gemacht hat, einen besseren Job findet, aber nein …«

Während ich redete, tauchten ein paar Söldner auf, die den Toten ungeschickt einsammelten.

Albrecht zündete sich eine Zigarette an, nahm einen tiefen Zug und kontemplierte einen Moment, abwechselnd mich und die Kippe betrachtend.

Voll theatralisch.

»Der BND sollte mal jemand Besseren schicken.« Er lachte kurz auf, als wäre sein One-Liner nicht bei jedem Drehbuchautor oberhalb der C-Liga im Papierkorb gelandet.

Was er nicht wusste: Der BND hatte jemand Besseren geschickt.


»Ich hätte noch einen Vorschlag, Herr Großkäse.«

»Und warum haben Sie den nicht eben während der Konferenz vorgetragen, Herr Futtjung?«

»Meine Idee ist ein bisschen delikat.«

»Agenten schicken wir jedenfalls keine mehr nach Argentinien, soviel steht fest. Drei Männer sind schon verschwunden!«

»Ich wollte vorschlagen, einen Freiberufler zu engagieren.«

»An wen hatten Sie gedacht?«

»Tja, äh …«

»Lassen Sie schon hören.«

»Ja, also … Kowalski.«

»Bevor ich mich jetzt über ihren Vorschlag ereifere ... Meines Wissens haben die Kowalskis sich aus dem Geschäft zurückgezogen.«

»Die Frau nicht.«

»Sie meinen die überaus attraktive Blondine, von der wir nicht mal wissen, wie sie aussieht?«

»Ja. Ich könnte den Kontakt herstellen.«

»Mein Gott ... Sie sind sich darüber im Klaren, was das bedeutet, oder?«

»Ja, Herr Großkäse. Wenn wir nicht solche Dilettanten und besser informiert wären, hätten wir davon Kenntnis, dass man sie in einschlägigen Kreisen das Massenvernichtungsmädchen nennt. So bleiben uns nur Mutmaßungen.«

»Die reichen mir schon. Die darf noch nicht auf eine Ü-30-Party und hat schon eine vierstellige Zahl Menschen getötet. Und das weiß ich nur, weil ich das Produkt von Kowalskis Phantasie bin. Futtjung, Ihre Idee ist gut. Aber der Bundesnachrichtendienst darf auf keinen Fall davon wissen!«

»Das sollte für uns kein Problem sein, Herr Großkäse. Darin sind wir wirklich gut.«

»Ja ... eigentlich keine schlechte Idee. Entweder tötet Kowalski alle, oder sie geht selber drauf. So oder so hat Deutschland ein Problem weniger.«

»Bestenfalls nimmt sie alle mit in den Tod.«

»Ein schöner Traum.«

So ungefähr stelle ich mir vor, wie der BND darauf kam, ausgerechnet mich zu fragen.


(Transkription fernmündliche Kontaktanbahnung Subunternehmer 8475/k)

»Kowalski?«

»Ja.«

»Ich hätte einen Job für Sie.«

»Aha.«

»Ich biete ihnen fünfhunderttausend.«

(unverständlich, wahrscheinlich: Maulfurz)

»Sie könnten Ihrem Land einen großen Dienst erweisen!«

(Geräusch, 0:17 lang. Spezialisten uneins bezügl. Ursache, evtl. Gelächter)

»Sind Sie noch dran?«

»Nicht mehr lange, wenn weiter nur Blödsinn kommt.«

»Amnestie!«

»Ja, klar. Sie klingen auch wie jemand, der an einem so langen Hebel sitzt. Gar nicht wie irgendein Großraumbüropony.«

»Aber ich kann Ihnen garantieren, dass-«

»Worum geht's denn überhaupt?«

»Was?«

»Soll ich jemanden töten? Erklär mal, Bubi, vielleicht interessiert mich dein Job überhaupt nicht.«

»Äh, ja. Uns sind gewisse Auffälligkeiten in der deutschen Auswanderergemeinschaft in Südamerika, äh, aufgefallen. Wir haben drei unserer Agenten zum Zwecke der Recherche vor Ort installieren wollen, bekommen aber keine Meldung mehr von denen. Man muss annehmen, dass sie aufgeflogen sind.«

»Und ich soll die suchen? Oder mir die Junior-Nazis selber vorknöpfen?«

»Es gibt keinerlei Anzeichen für faschistische-«

»Nee, klar. Die Großeltern von denen sind '45 alle nur ganz zufällig da angespült worden. Also, was jetzt? Retten oder rächen?«

»Aufklärung betreiben, in erster Linie. Wir wollen

wissen, was dort vor sich geht. Wenn Sie die Männer finden und wieder nach Hause bringen könnten, wäre das natürlich auch sehr schön.«

»Ok.«

»Was heißt das?«

»Ich nehme den Job an.«

»Tatsächlich?«

»Ja. Erzählen Sie mir, was ich noch wissen muss.«

(Weiterer Gesprächsverlauf nur unter Vorlage der Bescheinigung G53 einsehbar)

Also saß ich kurz darauf auf einem Bananendampfer Richtung Südamerika und vertrieb mir die Zeit damit, den Smutje zu ficken.

Das war nicht nur ein Bananendampfer im übertragenen Sinn, sondern ein echter. Argentinien importiert im Allgemeinen nicht sehr viele Bananen aus Europa. Da sind solche Schiffe gute Gelegenheiten für den Reisenden, der Wert auf Diskretion legt.

Dauerte zwar ein bisschen länger, aber in dreiundsiebzig Prozent meiner Knochen stecken irgendwelche metallischen Schrauben und Stützschienen, das erregt am Flughafen Aufsehen.

Kann ich drauf verzichten.

Eine Frau, die mir einigermaßen ähnlich sah, reiste zur gleichen Zeit mit einem Passagierschiff nach Buenos Aires.

Ich hatte ihr die falschen Papiere des BND gegeben, dazu einen ordentlichen Batzen Euros, und ihr weis gemacht, dass sie für unser Vaterland lediglich in einem bestimmten Hotel absteigen und darauf warten solle, dass man sie anspräche. Sie bekäme dann einen USB-Stick und solle damit nach Deutschland zurückkehren, total einfach und ungefährlich.

Ich baute darauf, dass man sie entführte und erst versuchte, sie auszuquetschen.

Wenn man sie sofort umbrachte, wäre das doof.

Auch für sie.

Aber immerhin wüsste ich dann, dass es beim BND einen Maulwurf gäbe.


Hwang schloss die Tür hinter sich und kehrte zu seiner Kabine zurück.

Elf Tage dauerte die Überfahrt, an sieben davon hatte er es mit der Passagierin getrieben. Die Nummer gerade eben war wohl die letzte, morgen würde die Unlimited Harmony IV in Buenos Aires anlegen.

Die Passagierin hieß Alina und stammte aus der Slowakei. Sagte sie jedenfalls, und anfangs hatte Hwang keinen Grund, das nicht zu glauben.

Sie war groß, schlank und hatte ein hübsches Gesicht, auch wenn die Lider sich selten einig waren, wie weit sie die Augäpfel freigeben sollten. Schulterlange, glatte, blonde Haare, meist zu einem munter wippenden Pferdeschwänzchen zusammen gebunden.

Jeder der Männer an Bord wollte sie in seine Koje locken.

Bis sie anfing zu reden. Ihre Stimme klang, als ob ein Nilpferd einen Traktor gebären wolle.

Kein Problem bei schweigsamen Leuten, aber zu denen gehörte Alina nicht.

Gleich beim ersten gemeinsamen Essen legte sie

los und nervte die Crew mit endlosen Monologen in gebrochenem Englisch, die meisten davon über Kinofilme und wo deren Handlung Löcher aufwies.

Zwischendurch fragte sie in die Runde, wie es die Besatzung mit der Homosexualität hielt, bei sovielen Tagen auf See ohne eine Frau. Auch wenn sie es um einiges direkter ausdrückte.

Und dann erklärte sie Hwang zu ihrem Bettgefährten.

Nicht, dass er abgeneigt gewesen wäre, aber er hätte schon gefragt werden wollen.

Die Anderen wussten nicht, ob sie ihn beneiden oder bedauern sollten.


Mittlerweile kann ich ganz gut mit Menschen.

Ich habe gelernt, in ihren Gesichtern zu lesen und kann eine hochgezogene Augenbraue mit dem abgleichen, was mir mein Schauspiellehrer und zehntausende Schauspieler beigebracht haben. Leonard Nimoy sagt dann zum Beispiel: Skepsis.

Aber Übung macht bekanntlich den Meister, also unterhielt ich mich ein bisschen mit der Crew und wir scherzten ein wenig.

Der Koch war ungefähr in meinem Alter und machte einen fitten Eindruck, so als ob er nicht gleich nach der ersten Nummer einschlafen würde. Also gab ich ihm zu verstehen, dass ich ein gewisses Interesse an ihm hatte.

Kann sein, dass ich es weniger subtil formulierte.

Aber wir hatten in den folgenden Nächten viel Spaß aneinander. Er würde mich bestimmt vermissen.

Hwang wusste, wie Narben von Schusswunden aussahen, sein Vater hatte beim Gwangju-Massaker eine Kugel in den Oberschenkel bekommen.

Auf Alinas Haut zählte er mindestens drei helle Stellen, die ganz ähnlich aussahen.

Und die Linie um ihren Hals? Hwang brauchte einen Moment, bis er darauf kam, dass jemand versucht haben musste, sie mit einer Garotte zu strangulieren.

Sie lebte aber noch, offensichtlich.

Der Andere, das glaubte Hwang mit beinahe religiöser Gewissheit, musste tot sein.

»Was ist? Zählst du meine Leberflecke? Wäre nett, wenn du langsam mal in Schwung kommst, Bub.«

Dann hatte sie sich über ihn hergemacht und Hwang eine seiner seltsamsten sexuellen Erfahrungen beschert.

Nicht wegen irgendwelcher ausgefallenen Praktiken, sondern wegen ihres Verhaltens.

Idealerweise, fand Hwang, ist die Frau genauso geil wie er selbst und sorgt für ihr Vergnügen wie für seines. Im schlimmsten Fall tut die Frau auf Befehl das, wofür sie bezahlt wird.

Alina lag dazwischen. Er hatte das Gefühl, dass sie ein Programm abspulte, von dem sie annahm, es gefiele ihm. Damit sie ihm im Gegenzug sagen konnte, was er zu tun hatte.

Aus irgendeinem Grund traute er sich nicht, Wünsche zu äußern.

Irgendein Grund? Von wegen.

Er hatte eine Scheißangst vor ihr.

Buenos Aires, benannt nach der Heiligen Maria der Guten Luft.

Wie gut, dass die Namensgeber nicht einen Wasserpatron herangezogen hatten. Der Rio de la Plata, durch den wir gerade fuhren, sah nämlich aus wie der gesammelte Durchfall aller 28 Millionen Einwohner. Und so roch er auch, was dann wiederum die Heilige Maria als inkompetent entlarvte.

Ich reinigte ein letztes Mal meinen Colt, steckte das Messer ins Heft unter der linken Achsel und setzte meinen Rucksack auf.

Nach allem, was ich gehört hatte, musste man dem Zoll nur ein paar tausend Pesos hinlegen und schon wurde man ohne weitere Belästigungen als hochgeschätzter Gast des Landes begrüßt.

Und wenn nicht, würde ich ein bisschen telefonieren. Die Kowalskis hatten drei- oder viermal für einen Erdgasbonzen aus dem Norden Argentiniens gearbeitet, weil dem die Nasen von ein paar Russen nicht passten; der könnte noch ein paar Hebel ziehen.

Die Limited Guarantee legte an, eine Gangway wurde ausgefahren, ich machte mich ohne Abschiedsworte vom Acker.

Nicht, dass Hwang mir noch seine Liebe gestehen wollte oder so.


»Argentinien ist scheiße«, sagte der Kapitän, ein gebürtiger Ukrainer, zu seinem koreanischen Smutje.

Den Hafen von Buenos Aires bezeichnete er bei passenden Gelegenheiten als den dreckigsten der Welt, die Zollbehörden als die korruptesten und die Hafenarbeiter als die diebischsten. Und dann legte er richtig los und ließ sich über den gemeinen Argentinier als solchen aus.

»Die passt hier gut hin«, antwortete Hwang und deutete mit dem Kinn auf die Passagierin, die gerade die Gangway hinabstieg, einen Rucksack über den Schultern.

»Du hast sie gepoppt und jetzt so ein Spruch? Nicht die feine Art ...«

»Nicht, weil sie auch scheiße ist. Jedenfalls nicht so richtig. Sie kann nur nicht still sein. Und ihre Stimme hast du gehört.«

»Ja. Ich wollte im Maschinenraum anrufen und fragen, ob die Kurbelwelle trocken läuft. Aber wieso passt die hier hin? Komm, hör mit dem ›unergründlicher Asiate‹-Scheiß auf und erzähl.«

»Ihr ganzer Körper ist voller Narben.«

»Echt?«

»Ja. Dutzende. Und ein paar von echt schweren Verletzungen.«

»Unfall?«

»Hat sie jedenfalls behauptet. Sie wäre von einem Mähdrescher überfahren worden.«

»Bullshit!«

»Und ich habe zufällig ihre Fitness-Routine mitbekommen, als sie dachte, ich schlafe noch. Zwanzig Liegestützen ...«

»Na ja, die habe ich in dem Alter auch noch geschafft.«

»... mit dem rechten Arm und dann zwanzig mit dem linken. Und dann je zwanzig Kniebeugen auf einem Bein.«

»Dann hat die dich wohl ziemlich rangenommen.«

»Gerade eben nicht. Wenn ich das nicht gesehen hätte, würde ich es nicht glauben. Sie ist gut gebaut und schlank, aber sie versteckt ihre Kraft.«

»Warum sollte sie das tun?«

»Das ist die Frage. Ich weiß nicht, was die macht. Ich will's eigentlich auch nicht wissen. Aber ich glaube, wir hatten da eine Ladung Dynamit an Bord.«

»Naja, für dich war's wohl eher eine Sexbombe, wie? Oder?«

Und während der Kapitän sich noch lauthals über seinen eigenen Witz amüsierte, sah Hwang Alina hinterher, bis sie im Hafentrubel verschwand.

»Das ist wie Urlaub!«, hatte Micky, ihr Agent, gesagt. »Du fliegst nach Buenos Aires, faulenzt eine Woche am Hotelpool und kommst wieder zurück. Für fünftausend Euro. Plus Spesen. Leichter kann man kein Geld verdienen. Da ist verdienen schon das falsche Wort!«

»Ich weiß nicht, mir kommt das komisch vor. Ein bisschen zu einfach.«

»Quatsch!« Micky hatte aufgelegt und bestimmt anschließend seine Provision ausgerechnet. Christina Henninger hatte sich vorgenommen, herauszufinden, was er an diesem Job verdienen würde. Wobei da von verdienen noch weniger die Rede sein konnte.

Aber dazu würde es nicht mehr kommen.

Und sie konnte diesem Arschloch auch nicht mehr ein »Ich hab's doch gleich gesagt!« an den Kopf werfen.

Denn dazu hätte sie sich aus dem Kofferraum befreien und die sechs Hünen überwältigen müssen, die sie dort hinein geworfen hatten.

Und dann, da sie schon seit wenigstens zwei Stunden über irgendwelche Buckelpisten fuhren, blieb noch die Frage, wie sie wieder zurück nach Buenos Aires kommen sollte.

Die ersten Kurierjobs hatte Christina angenommen, als sie noch studierte. Die Wohnung in Münster hätte vielleicht ein bisschen kleiner sein dürfen oder die Mitbewohnerin wohlhabender.

So oder so, Geld musste her. Da kam es ihr ganz gelegen, dass man sie im Urlaub auf den Malediven ansprach, ob sie nicht ein Päckchen für die Freundin der verstorbenen Großmutter mitnehmen könne.

Für zweihundert Euro Bargeld gewann die lächerliche traurige Geschichte an Plausibilität, Christina trug ein paar hundert Gramm Irgendwas durch den Zoll. Ihr erster Auftraggeber empfahl sie weiter, die Angebote häuften sich.

Klar, eine hübsche, gesund aussehende und gut gekleidete Blondine verdächtigte man weniger schnell als die Drogenwracks, mit denen die Fahnder geködert wurden.

War der Inhalt der Pakete legal? Wenn man nicht hinein schaute, und das tat Christina nie, konnte man sich das durchaus einreden.

War das moralisch richtig? Nicht ihr Problem, was die Leute mit irgendwelchen Sachen anstellten. Man macht ja auch nicht die Post für Briefbomben verantwortlich.

War solche Kuriertätigkeit gefährlich? Nicht mehr als die eines Postboten.

Das dachte Christina bis heute morgen, als sie die Toilettentür wieder öffnete und aus dem Hotelzimmer ein halbes Dutzend Maschinenpistolen auf sie zielten, gehalten von riesigen, schweigsamen Männern in schwarzen Kampfanzügen.

Die hatten das Mädel gefilzt und den Sender natürlich entdeckt.

Den einen jedenfalls.

Der andere schickte alle fünf Minuten ein kurzes digitales Zirpen auf mein Handy und verschob das Symbol, einen simpelst gezeichneten, bezopften Mädchenkopf, auf der abgebildeten Landkarte um ein paar Pixel.

Der Pfeil auf dem Display, ein paar Dutzend Pixel hinter dem Mädchenkopf, das war ich, in einem gemieteten Toyota Landcruiser.

Ich hatte angenommen, dass diese Leute nach Bariloche wollten, ungefähr 1.600 Kilometer südwestlich von Buenos Aires, wo sich deutsche Auswanderer schon Anfang des 20. Jahrhunderts niedergelassen hatten. Die Deutschen, die ein knappes halbes Jahrhundert später mit Peróns Segen dorthin geschleust wurden, konnten sich will-kommen fühlen.

Aber die zwei schwarzen Range Rover und der Mercedes verließen Buenos Aires auf der RN 9 in westlicher Richtung, bogen dann sogar auf die RN 12 nach Norden ab. Aus der RN 12 wurde die RN 14, ohne dass ich verstand, warum, aber es ging weiter geradeaus.

Es blieb unspannend. »Folge dem Symbol auf dem Bildschirm« ist kein Spiel, das sich Millionen Menschen runterladen würden.

Und »Rate, wohin die Reise geht« war mir zu blöd.

Ich halte es lieber mit »Wo immer du hingehst … da bist du dann.«

Alles Weitere ergibt sich.

Das Auto hielt an, die Türen öffneten sich.

Christina spürte, wie der Wagen sich ein wenig hob, offenbar waren die Passagiere ausgestiegen.

Zwei Minuten vergingen, dann entriegelte das Schloss des Kofferraums, der Deckel schwang langsam nach oben.

Nach den Stunden in der Dunkelheit stach ihr die Sonne in die Augen, obwohl hellgraue Wolken die Strahlen filterten.

Einen Moment brauchte sie, um sich an die Helligkeit zu gewöhnen und festzustellen, dass sie nicht in den Lauf einer Waffe schaute.

Sie hob den Kopf ein wenig und spähte über die Ladekante.

Niemand zu sehen.

Das Auto stand inmitten einer schwarz gefärbten, stinkenden Welt, an deren Rand ein paar grüne Schimmer zu sehen waren.

Was war das für ein Geruch? Beinahe wie damals, als Papa ein Osterfeuer im Garten gemacht hatte, nur viel intensiver.

Christina kletterte aus dem Kofferraum und trat in das schwarze Pulver auf dem Boden.

Asche.

Das war alles Asche. Hier hatte es einen Waldbrand gegeben.

Aber warum hatte man sie hierher gebracht?

Was sollte das?

Christina hörte ein Knallen und spürte einen heftigen Stoß neben ihrem Bauchnabel. Das tat weh.

Noch ein Knallen, ein Stoß vor die Brust. Christina fasste sich an die Rippen, es fühlte sich feucht an.

Noch bevor sie dahinter kam, was passierte, drang

die dritte Kugel durch ihren Hinterkopf ein, pilzte auf und vergrößerte sich dadurch um das Dreifache. Das Geschoß taumelte mit 2100 Stundenkilometern durch den Schädel und zerstörte mit seinen scharfen Kanten beinahe komplett die rechte Gehirnhälfte.

Christinas Beine gaben nach, sie fiel mit dem Gesicht in die Asche.


Der Mädchenkopf auf meinem Display hatte einige Sättigungsgrade verloren, dafür Kreuze als Augen bekommen.

Der Sender war tot.

Ein paar Minuten später stoppte ich den Landcruiser und stellte fest: Die Frau auch.

Ich schätze mal, ihre Leiche brannte schon eine Viertelstunde.

In so einer menschenleeren Gegend hatten sich die Typen keine Mühe gegeben, ihre Spuren zu verwischen. Ich fand sogar eine Hülse: 7.62 NATO. Die argentinische Armee benutzte die FN FAL als Sturmgewehr, konnte also hinkommen.

In Ländern wie diesem kommen weniger als neunzig Prozent aller bestellten Waffen tatsächlich auch in den Kasernen an. Und selbst dann fallen noch ein paar Kisten vom Laster.

Die Typen hatten es ziemlich clever angestellt: Den Mercedes auf einer großen, brandgerodeten Lichtung abgestellt, sich in sicherer Entfernung versteckt und dann den Kofferraum per Fernbedienung geöffnet.

Die Frau steigt aus, macht ein paar Schritte und wird aus der Distanz erschossen.

Anschließend zündet man sie an. Sobald das

Feuer erlischt, kann man den verkohlten Körper inmitten der Asche kaum noch erkennen.

Die brauchten nur zu warten, bis buchstäblich Gras über die Sache gewachsen war.

In ein paar Monaten würden hier zukünftige argentinische Steaks grasen, ihre Hufe die letzten Reste von Christina Dingsbums in den Boden drücken.

Dumm gelaufen.

Denn jetzt hatte ich die Spur verloren.

Zwei Möglichkeiten: Entweder lag die Stelle, an der ich gerade stand, ungefähr auf einer Linie zwischen Buenos Aires und der Basis meiner Gegner. Oder sonstwo.

»Sonstwo« könnte ich lange suchen, also nahm ich lieber an, dass die Botin quasi auf dem Nach-Hause-Weg getötet wurde.

Ich musste mir mal eine Karte besorgen. So eine richtig echte, die man auf dem Tisch ausrollen kann und vor der man dann steht, »Hmm« sagt und sich dabei das Kinn reibt.


»Und?«

»Erledigt, Hauptmann! Ohne Probleme.« Der Mann im Kampfanzug knallte die Hacken zusammen, aber die Hartgummi-Absätze seiner Stiefel gaben nur ein leises *dupp* von sich.

»Gut, Caetano. Schriftlicher Bericht bis neunzehn Uhr. Wegtreten!« Hauptmann Korff salutierte, der Soldat verschwand.

»Ohne Probleme?« Oberst Albrecht wollte es nicht glauben. »Dem BND gehen offenbar die guten Leute aus. Falls er überhaupt welche hat.«

»Ich bin auch überrascht. Unser Kontakt sprach von einer Externen … Man sollte meinen, dass der Bundesnachrichtendienst wenigstens schlau genug ist, kompetente Leute zu verpflichten.«

Albrecht überlegte einen Moment, wie viel der BND wissen konnte.

Sein Informant hatte leider keinen Einblick in die Hintergründe der Einsätze, seine Zuständigkeit beschränkte sich auf das Buchen von Reisetickets. Wer, wann, wohin, unter welchem Namen. Aber er wollte kein Geld für diese Informationen, tat es »für die Sache«. Und »der Sache« hatte er gerade geholfen, den vierten Agenten auszuschalten.

Die konnten nicht viel wissen, entschied Albrecht. Sonst würden sie nicht irgendwelche dummen Mädchen schicken, sondern eine Armee.

»Haken wir das vorläufig ab und konzentrieren uns lieber auf Samann, der ist aktuell gefährlicher.«

Korff nickte, salutierte und verließ den Raum.

Sechzehn Uhr, Zeit für einen Schnaps. Albrecht kippte das Pinneken hinunter. Der gute Berentzen, Erinnerung an eine Heimat, die geografisch und historisch in weiter Ferne lag.

Er starrte einen Moment aus dem Fenster, während sich der Appelkorn heiß über die Magen-wände verteilte. Das Panorama, ein großer Parkplatz, dahinter ein Stück Rasen bis zu einem dichten Wald, nahm er aber nicht war. Stattdessen sah er die Zukunft vor sich, geformt durch seinen Willen.

Dann drehte er sich um und griff zum Telefon-hörer.

»Hallo, Herr Doktor. Haben Sie abschließende Erkenntnisse gewinnen können?«

Sollte es tatsächlich so einfach sein?

Ich folgte noch ein paar Kilometer der Ruta Nacional und kaufte mir an der nächsten Tankstelle eine Karte, die ich, in Ermangelung eines Tischs, auf der Motorhaube des Toyotas ausbreitete.

Abgesehen von dem Abstecher in den brand-gerodeten Wald war das Signal immer brav auf den Möchtegern-Autobahnen geblieben. So viele Straßen gab es hier nicht, auf die man abbiegen konnte, und hätten die drei Wagen umgedreht, wären sie mir entgegen gekommen.

Also weiter geradeaus.

In rund zwanzig Kilometern gabelte sich die Straße, aber vielleicht hatten die sich vorher schon in die Büsche geschlagen?

Das Studium der altmodischen Karte verschaffte mir einen generellen Überblick über die Geographie. Ein paar Kilometer östlich lag schon Uruguay. Dort fand ich Städtchen mit den klingenden Namen »Nuevo Berlin« und »Mercedes« – gut, das ist eigentlich ein Frauenname, aber trotzdem …

Für die Feinheiten wandte ich modernere Mittel an.

Die Satellitenbilder auf meinem Handy zeigten nichts Besonderes, weder Tempelanlagen noch erloschene Vulkane oder geodätische Kuppeln.

Mit wem auch immer ich es zu tun hatte, Format und Flair fehlte ihnen.

Die Ortschaft hinter der Straßengabelung, ein paar Kilometer rechts rein, hieß Colonia Sangre y Tierra, die hatte ich schon auf der Papierkarte gesehen. Und nicht weiter beachtet.

Aber nun betrachtete ich sie aus geringerer Höhe und fand interessante Details: einen Plaza Goethe zum Beispiel, eine Straße namens Richard Wagner und auch eine Avenida Hermann Göring.

Ich kam auf die total abwegige Idee, dort mal nach deutschen Nazi-Nachkömmlingen zu suchen.

Verrückt, ich weiß.

Die berüchtigte weibliche Intuition.

»Bei den Negriden erwartungsgemäß 0,92. Mongolide liegen bei 0,87, das entspricht ebenfalls den bisherigen Ergebnissen. Ihre Leute dachten ja, die Einbeziehung von 2GAT123 würde den Index noch steigern, aber das war wohl ein Irrtum, Oberst.«

Natürlich waren die anderen schuld, dachte Albrecht und schaute einen Augenblick auf den Telefonhörer, als erwartete er, dass Häme aus den Lautsprecherlöchern tropfte. Der Herr Doktor ist ja unfehlbar.

Leider lag er nicht ganz daneben. Und obwohl »seine Leute« mit ihrer Theorie fehl gegangen waren, fühlte Albrecht sich genötigt, sie in Schutz zu nehmen.

»Sie wissen sehr gut, wie komplex diese Materie ist. Woanders würde man über 0,3 schon jubeln. Es mag sein, dass wir bei der nächsten Modifikation mehr Glück haben, aber ebenso wahrscheinlich ist, dass wir noch Jahre forschen, bis wir die entscheidende Übereinstimmung finden. Ich werde mich mit dieser Rate zufrieden geben, wenn Sie mir Positives zu den Europiden berichten können.«

»Hm, gut, Sie müssen es wissen. Wir haben tatsächlich noch entscheidende Fortschritte erzielen können. Bei den Nordiden, Osteuropiden und Alpiniden konnte der Kontagiositätsindex auf 0,12 gesenkt werden; bei den Mediterraniden und dem anderen Kroppzeug sind wir im Schnitt über 0,7.«

»Sehr erfreulich. Ich vermute, wir können den Abstand nicht weiter vergrößern, oder was denken Sie?«

»Nicht kurzfristig, fürchte ich.«

»Gut, dann sei es so. Wenn sich sieben von zehn Leuten infizieren, bricht so oder so alles zusammen. Wann liefern Sie die Letalitätsraten?«

»Hm. Hätten Sie nicht angerufen, wäre ich in einer Stunde fertig gewesen.«

»Dann seien Sie so gut und melden sich bei mir, ja?«

Albrecht legte den Hörer betont sanft auf und gestattete sich, laut »Arschloch« zu sagen.


Auch vor Ort unterschied sich Colonia Sangre y Tierra von anderen Städtchen auf diesem Kontinent: Kein bisschen schäbig. Andere Käffer balancieren an der Grenze zum Elend, die Bewohner bilden sich trotzdem eine Menge auf ein oder zwei pompöse Gebäude ein. Meistens die Kirche, mitunter noch das Rathaus.

Aber hier sah es aus wie in einem schwäbischen Vorort, vielleicht ein bisschen farbenfroher. Akkurat gepflegte Vorgärten, saubere Fassaden und natürlich kein sorglos auf die Straße geworfener Sperrmüll. Sogar die Straße selbst übertraf den Landesdurchschnitt: Die Ruta Nacionales konnte man guten Gewissens als umfangreiche Sammlung von Schlaglöchern betrachten, sortiert in halbwegs gerader Linie. In Sangre y Tierra dagegen drängte das laute Abrollgeräusch der grobstolligen Reifen in mein Ohr, wo sich vorher konstantes Poltern des Landcruiser-

Fahrwerks breit gemacht hatte.

Wenig los, ein paar Hausfrauen auf Tour zum Supermarkt, eine schaufelte gerade den Kackhaufen ihres Schäferhundes in einen Plastikbeutel. Viel deutscher ging es eigentlich nicht mehr.

Nicht weit hinter dem Ortsschild entdeckte ich den Schriftzug »Cantina Edelweiss« über einer Tür, bunte Leuchtbuchstaben in der meistgehassten Schriftart der Welt.

In den meisten Gegenden dieser Welt wird man als Ausländerin freundlich empfangen. Gerade, wenn offensichtlich ist, dass man nicht aus der Gegend ist, kommen einem die Leute entgegen, schon alleine, weil sie blonde Haare mal aus der Nähe sehen wollen.

Auf dem südamerikanischen Kontinent ist das, bis auf ein oder zwei Ausnahmen, nicht so. Die Meisten sind verschlossen oder sogar feindlich. Kann natürlich sein, dass meine Eindrücke verzerrt sind, weil ich ziemlich oft eine Knarre in der Hand habe, wenn ich auf die Leute zu gehe.

Deshalb rechnete ich mit Reaktionen zwischen Ignorieren und Vor-mir-auf-den-Boden-spucken, als ich unter den Comic-Sans-Buchstaben an den Türgriff fasste.

»Senorita, willkommen, nehmen Sie doch bitte Platz«, begrüßte mich der Wirt, kaum, dass ich meine Nase durch den Türrahmen getragen hatte.

Sein Deutsch ließ nichts zu wünschen übrig, obwohl er ganz offensichtlich von spanischen Vorfahren abstammte.

Ich nickte bloß und setzte mich in eine Ecke.

Zwei Gäste, ebenfalls Original-Argentinier. Sahen aus, als ob sie zum Inventar gehörten. Typische

Kneipenhocker, wie es sie überall gibt. Weinen in ihre Cerveza, wie ungerecht die Welt ist und erklären sich gegenseitig haarklein, wie sie alles besser machen würden, wenn sie nur an die Macht kämen. Als erstes müsste dann die eine Gruppe dran glauben, die an allem schuld ist.

Ich werde von solchen Typen gewöhnlich taxiert, oft genug angebaggert. Weil schmerbäuchige, fettlockige Schluckspechte Mitte fünfzig bekanntlich der feuchte Traum jeder Mittzwanzigerin sind.

Normalerweise kommt wenigstens ein genuschelter Dialog in der Art von »Ich würd die bumsen« – »Näh, ist mir zu dünn«, oder so. Aber die beiden hier musterten mich nur sehr kurz und starrten dann still in ihre Gläser.

Weil ich sozial behindert bin, dauerte es einen ziemlich langen Moment, aber dann kam ich doch noch drauf: Die hatten Angst vor mir.

Das war mal was Neues, schließlich kannten die mich bis jetzt nicht. Ich hätte mir ja gerne eingebildet, dass mein Ruf mir voraus geeilt war, aber der basiert ganz wesentlich darauf, dass niemand mein Aussehen kennt.

»Was darf ich Ihnen anbieten, Senorita?«

Der Wirt grinste unter seinem buschigen Schnurrbart hindurch wie ein dickes Honigkuchenpferd.

»Ein Wasser.«

Einen Moment glotzte er mich doof an, wie jeder, der mich zum ersten Mal sprechen hört, aber dann fing er sich.

»Kommt sofort!«

Und tatsächlich stand er keine zwanzig Sekunden später neben meinem Tisch, füllte eine Flasche

Perrier in ein fleckenloses Glas und bot mir weiteren Service an, wohl wissend um die Vorbehalte deutscher Touristen.

»Sie werden feststellen, Senorita, dass ich die sauberste Cantina in ganz Argentinien führe … Hier gelten deutsche Hygiene-Standards!«

»Ja, ich bin beeindruckt. Ihr Deutsch ist auch sehr gut. Waren Sie mal dort?«

»Nein, leider nicht. Das habe ich Oberst Albrecht senior zu verdanken. Er hat eine Schule gegründet, auf die alle Kinder von Sangre y Tierra gehen mussten; auch ich damals. Überhaupt hat der Oberst viel für die Menschen hier getan …«

Sein Blick wanderte in die Ferne.

Ich hatte natürlich überhaupt keine Ahnung, ob er tatsächlich jenen Albrecht senior bewunderte oder nur eine Show für mich abzog.

»Ich wollte eigentlich den Junior besuchen«, sagte ich auf gut Glück.

Einer der beiden Tresenhocker schaute kurz zu mir und machte ein Gesicht, das ich als grimmig interpretierte.

Die Miene des Wirtes hingegen entschlüsselte ich als »pfiffig«.

»Das dachte ich schon, mein Fräulein. So schön unsere kleine Colonia auch ist, es gibt hier leider keine Attraktionen für Touristen, und kaum jemand besucht uns zufällig. Und so wie Sie aussehen, hätte es mich gewundert, wenn Sie nicht Kontakt zur deutschen Gemeinde gesucht hätten.«

Er legte mir die Karte hin.

»Jetzt ist Mahlzeit, suchen Sie sich bitte etwas aus, ich lade Sie ein. Danach beschreibe ich Ihnen den Weg zur Residencia.«

Ich nickte, wählte einen kleinen Gemüseteller und war zufrieden mit mir, dass ich den anderen Genüssen widerstehen konnte. Vor einem Jahr hätte ich noch das große Steak mit reichlich Kartoffeln geordert, aber leider schien mein Körper mittlerweile das Essen nicht mehr so gut zu verwerten. Ich hatte festgestellt, dass mein Körperfett, trotz gleich bleibender Trainingsroutine, auf etwa zwanzig Prozent angestiegen war. Die glücklichen Zeiten zügellosen Schlemmens endeten, ich fühlte mich alt.

Als ich den Teller beiseite schob und mir ein klebriges Stückchen Rosenkohl vom Backenzahn knibbelte, legte der Wirt mir eine weitere Karte hin.

»Wir sind hier. Wenn Sie rausgehen, rechts halten, bis zur Martin Bormann, dort links. Die dritte Querstraße ist die Avenida Hermann Göring. Da wieder rechts und bis zum Ende durch, dann fahren Sie auf die Residencia zu.«

»Prima. Danke.«

Ich zog das Bündel Pesos raus, aber der Wirt hob die Hände.

»Um Gottes Willen, Fräulein! Oberst Albrechts Gäste sind auch meine Gäste!«

Der eine Kneipenhocker murmelte etwas vor sich und starrte weiter in sein Glas. Vielleicht suchte er nach Schleimspuren, die der Wirt hinterlassen hatte.


Das Telefon. Albrecht stoppte das Video, »Die lustigsten Katzen in Kartons« mussten warten.

»Albrecht.«

»Mindestens achtzig Prozent.«

Das Standbild auf dem Monitor zeigte ein Kätzchen, das mit großen Augen in die Kamera blickte, als wolle es gerade »Uuuiih« sagen, weil Herrchen mit einem besonders leckeren Happen wedelte. Passend pausiert, dachte Albrecht, so fühle ich mich momentan auch.

»Das klingt sehr gut«, sagte er.

»Vorausgesetzt, die Methodik ist nicht fehlerhaft.«

»Doktor, unsere Methoden sind seit über fünfundsiebzig Jahren bewährt. Zugegeben, die Fortschritte sind nicht mehr so groß wie ganz zu Anfang. Aber das ist, so meine ich, doch auf allen Feldern wissenschaftlichen Arbeitens ähnlich. Und Sie können davon ausgehen, dass wir in den letzten Jahrzehnten konstant verbessert und verfeinert haben. Ich versichere Ihnen, dass unsere Modelle zur Berechnung von Manifestationsindex und Letalitätsrate hinreichend ausgereift sind, annähernd reale Zahlen zu prognostizieren.«

Albrecht legte eine Kunstpause ein, gerade lang genug, seinem Gesprächsgegner zuvor zu kommen.

»Aber natürlich hängt die Akkuratesse unserer Prognosen ganz entscheidend von der exakten Bestimmung der Replikationszyklen ab.«

»Hm, ja, das lassen Sie mal meine Sorge sein, mein Lieber.«

»Wenn die Zyklen deutlich außerhalb der Toleranz liegen, sollten Sie sich tatsächlich Sorgen machen.«

Albrecht legte auf, bevor er sich eine Antwort anhören musste. Im Moment schien die Kreatur des Doktors zu funktionieren, wie sie sollte. Aber falls sie doch versagte, konnte er sich darauf gefasst machen, seine eigenen Gummihandschuhe über den Kopf gezogen zu bekommen.

Albrecht gestand sich ein, dass der erstickende

Doktor ein Schauspiel abgäbe, das ein Scheitern des Plans beinahe aufwöge.

Ich ließ den Landcruiser stehen und machte mich zu Fuß auf den Weg. Kann ja nie schaden, die Umgebung etwas unmittelbarer zu sondieren.

Die Karte, die der schnauzbärtige Gastronom mir gezeigt hatte, stand noch vor meinem geistigen Auge, ich musste mich nicht an die empfohlene Route halten. Sangre y Tierras Stadtplan bestand eh nur aus geraden Linien, die sich im rechten Winkel kreuzten, mit der Avenida Hermann Göring als Mittelachse. Verlaufen konnte man sich hier kaum.

In der Roland Freisler – hierzulande sparte man sich meist das »Straße« dahinter – entdeckte ich einen kleinen Buchladen. Und tatsächlich lag im Schaufenster der Schmöker aus, der den BND überhaupt erst zum Handeln veranlasst hatte: »U-3064 – Auf den Spuren des Nazi-Goldes«.

Die alte Legende vom angeblichen Transport etlicher Tonnen edler Steine und Metalle, die in den letzten Tagen des zweiten Weltkrieges mit Unterseebooten nach Südamerika verschifft wurden, um von dort aus das vierte Reich zu finanzieren.

Der Witz: Das stimmte alles.

Und der BND wusste davon.

Als der BND noch Organisation Gehlen genannt wurde, nach seinem Gründer, dem ehemaligen Leiter der Abteilung Fremde Heere Ost, rekrutierte sich ein erklecklicher Anteil an Mitarbeitern aus Ex-Offizieren der SS. Hauptsächlich, weil man die armen, alten Kameraden vor den schröcklichen Kalamitäten der Entnazifizierung bewahren wollte.

Nicht überraschend: Diese feinen Herrschaften hatten wenig Interesse daran, dass die geraubten Reichtümer von Außenseitern gefunden wurden.

Natürlich gab es Aufzeichnungen über die Transporte, wo kämen wir denn da hin; auch im Angesicht des Untergangs bestand man auf dreifacher Ausfertigung. Und natürlich brachte es später niemand übers Beamtenherz, diese Aufzeichnungen zu vernichten. Aber man konnte sie ja ganz unten in den Stapel sortieren.

Über ein halbes Jahrhundert leugnete man den eiligen Edelmetall-Export mit Erfolg, denn offensichtlich zogen es die Hunderte geflohener Nazis in Südamerika vor, den Ball flach zu halten, statt von dort aus einen zweiten Griff nach der Weltherrschaft zu starten.

Also hatte anscheinend keines der U-Boote sein Ziel erreicht.

Dachte man jedenfalls.

Und dann stieß man auf ein paar Abschnitte in erwähntem Buch, die Wissen enthüllten, das man sicher verschlossen wähnte, ganz unten in den Katakomben. Zum Beispiel, dass ein reicher Sammler in Uruguay sehr guten Freunden gelegentlich einen Blick auf Raffaels »Porträt eines jungen Mannes« gewährte, einem Ölgemälde, das für die Verschiffung mit U-3064 inventarisiert worden war.

Deshalb schickte der BND – mittlerweile waren die verbeamteten Altnazis alle verrentet oder verstorben – jemanden los, der dem Autor mal ein paar Fragen stellen sollte.

Und das war der Erste, von dem man nie mehr was hörte.

»Residencia Albrecht, mein Name ist Günther Hofmann.«

»Guten Tag, hier ist Friedhelm Masantonio.«

»Und Sie sind ...«

»Der Pächter der Cantina Edelweiss.«

»Ach ja, genau. Wie kann ich Ihnen helfen?«

»Ich ... ich hatte gerade eben einen Gast ... eine junge Frau ... die hat behauptet, dass sie den Oberst besuchen wolle. Sie ist jetzt auf dem Weg zu Ihnen. Ich dachte, ich melde das lieber.«

»Sehr umsichtig.«

»Wahrscheinlich hat es nichts zu bedeuten, aber das weiß man ja erst hinterher, oder?«

»Ganz recht, Herr Masantonio.«

»Sie ist einem Landcruiser gekommen, aber der steht noch bei mir vor der Tür. Die Frau ist ziemlich groß, schlank, blond, trägt eine orangefarbene Mütze.«

»Gut, danke. Ich werde Hauptmann Korff unterrichten ... und Ihre Achtsamkeit erwähnen.«

Hofmann legte ohne Abschiedsworte auf und wählte Korffs Nummer.

»Ja?«

»Der Wirt vom Edelweiss hat gerade angerufen. Eine Frau will uns besuchen. Wie es aussieht, ist sie vom Edelweiss aus zu Fuß unterwegs.«

»Gut, rufen Sie die Überwachung an, die sollen eine Drohne losschicken. Bestellen Sie denen, ich wäre im Nordflügel, würde aber sofort rüber kommen.«

Fünf Minuten später stand Korff neben einem bebrillten Uniformierten, der vor einem großen Monitor saß und etwas in der Hand hielt, das dem Gamepad einer Playstation sehr ähnlich sah.

»Das hier sollte die Frau sein, oder was meinen Sie?«

Korff beugte sich etwas nach vorn, berührte dabei die Schulter des Drohnenpiloten und genoss dessen daraus resultierende Nervosität.

»Ja, die Beschreibung passt. Ich will mir die mal von vorne ansehen.«

»Dann wird sie vielleicht die Drohne entdecken, Hauptmann.«

Korff antwortete nicht, also ging der Pilot davon aus, dass sein Vorbehalt irrelevant war. Er lenkte den Quadcopter über die Dächer des Straßenzuges hinweg in eine Gasse fünfzig Meter vor der Frau und ließ das Fluggerät in einer Höhe von zehn Meter langsam um die Hausecke schweben, während er die Kamera ausrichtete.

Da kam sie ins Bild und machte eine Reihe von merkwürdigen Bewegungen.

Der Monitor wurde schwarz.

»Was jetzt?«, fragte Korff.

»Ich weiß nicht, Hauptmann …« Der Pilot ließ die Drohne steigen, jedenfalls bewegte er die entsprechenden Hebel, dann spulte er die Aufnahmen zurück, ließ sie in Zeitlupe ablaufen und wünschte sich, dass sein Verdacht sich als Irrtum herausstellen würde.

Nein, er hatte richtig gesehen: Die Frau zog eine Waffe und schoss die Drohne ab, ein einzelner Schuss aus etwa fünfundvierzig Metern Entfernung.

Er sah zu Korff und bereute es sofort. In den hellblauen Augen las er nichts außer kalter Wut.

»Die Erste war nur ein Köder … «, murmelte Korff und griff zum Telefon.

»Alarmstufe drei. Wir bekommen Besuch. Eine

bewaffnete Frau, groß, blond, orange Kappe. Vier Männer zum Tor, Kampfausrüstung.«

Ziemlich imposantes Tor. Eins von der Sorte, das sich gut vor einem Gewitterhimmel macht, im Hintergrund das finstere Schloss mit dem einzelnen Licht im Turm.

Ohne dass ich die Klingel gedrückt hätte, klang eine blecherne Stimme aus dem Lautsprecher in der steinernen Säule.

»Was wollen Sie?«

»Ich habe da was gefunden, das vielleicht Ihnen gehört.«

Ich hielt die Reste der Drohne vor die Kamera.

»Und ich wollte ein bisschen mit dem Oberst plaudern.«

Ich ließ den Schrott fallen und zog sehr langsam den Colt und das Messer unter der Jacke hervor, hielt beides mit den Fingerspitzen und hob die Arme.

Es folgte keine Beratungspause. Gut, dann sprach ich anscheinend schon mit jemand Kompetentem.

Das sinistre Tor öffnete sich langsam, leider ohne unheilverkündendes Quietschen, und gab einen gekiesten Weg frei.

Links und rechts des Weges standen je zwei große Kerle in Kampfanzügen und richteten Maschinenpistolen auf mich. FMK-3, soweit ich das feststellen konnte. Sieht man nicht oft, ist eine landeseigene Spezialität.

Einer von denen bedeutete mir, meine Waffen auf den Boden zu legen. Ich gehorchte und trat ein paar Schritte zurück, gab ihm Gelegenheit, meinen Kram aufzulesen.

Er näherte sich von der Seite und trat seinen

Kameraden nicht in die Schusslinie. Schon mal nicht schlecht, so ganz kacke konnte deren Ausbildung nicht sein. Nachdem sie die Botin so überlegt getötet hatten, wäre ich auch überrascht gewesen.

Man begleitete mich zum Haus. Was man so Haus nennt. Ziemlich groß, das Ganze, das hätten sogar Lord und Lady Crawley als adäquat empfunden, Albert Speer hätte es ein wohlwollendes Nicken entlockt.

Natürlich lotste man mich nicht durch das Hauptportal, sondern zum nördlichen Ende.

Hinter dem Anwesen, also auf der östlichen Seite, standen rund hundert Autos auf einem leicht abschüssigen, asphaltierten Platz, und es gab immer noch genügend Lücken für wenigstens zwei Dutzend weiterer Wagen. Anscheinend hielten sich eine Menge Leute in dem Gebäude auf, denn draußen war niemand zu sehen.

Auffällig: Die Erstzulassung der ganzen südamerikanischen Spezialitäten vom Schlage VW Gol und Chevrolet Classic und dem allgegenwärtigen Toyota Hilux lag größtenteils nicht länger als fünf Jahre zurück. Ein deutlicher Kontrast zu der Armada an uralten Rostlauben, die ich sonst gesehen hatte, vor allem in Buenos Aires.

Das älteste Auto hier war ein Simca von Anfang der Siebziger, aber sehr gepflegt. Und wohl eher aus Leidenschaft als aus Not. Moment, die Front sah zwar ähnlich aus, aber den Simca hatte es doch nur als Viertürer und als Kombi gegeben? Das hier war ein elegantes Coupe.

Musste ich gelegentlich mal genauer anschauen.

Wir standen jetzt vor dem nördlichen Dienstboteneingang, mein intuitiver Entfernungsmesser schätzte die Strecke vom Tor bis hier hin ungefähr so lang wie die von der Cantina Edelweiss zum Tor.

Vier weitere Wachen erwarteten mich innen, hinter einem ProVision ATD. Ich legte meinen Kram auf die Durchreiche, ohne dass man mich auffordern musste, und betrat den Nacktscanner.

Offensichtlich war man mit dem Ergebnis zufrieden, denn die Panzerglastür öffnete sich.

Einer der Typen hatte sich mein Zeug gegriffen und verschwand durch eine Seitentür.

»Kriege ich keine Quittung? Eine Timex-Digitaluhr, zerbrochen. Ein unbenutztes Präservativ … ein benutztes …«

»Kommen Sie mit.«


Besucher 002/16-5:

Colt Commander, .45 ACP

Keramikdolch, ca. 30 cm, orange

Teleskop-Schlagstock

Kurzdolch mit Armbandscheide

Einschüssige Kurzwaffe, am Gürtel getragen, Typ unbekannt, Schrotpatrone

3 Magazine Colt Standard, ein verlängertes; verschiedene Sorten Munition

Autoschlüssel mit Anhänger Hertz

Smartphone Molecule Covalent 12

Personalausweis BRD Alina Kraczinski

Führerschein BRD

Fahrzeugpapiere Toyota Landcruiser, Kennzeichen BDR 529

5 Kreditkarten

12370 Argentinische Pesos

643 US-Dollar

Meine Begleiter blieben vor einer riesigen, zweiflügeligen Tür stehen, ohne etwas zu sagen.

Wahrscheinlich sollte ich da durch gehen.

Tat ich aber nicht.

»Also ehrlich, der neue Todesstern ist so groß wie ein ganzer Planet. Und Han, Chewie und Finn landen fünf Meter von der Stelle entfernt, wo Rey sich gerade befreit hat? Was für ein glücklicher Zufall! Und natürlich klettert die an irgendeinem kilometertiefen Schacht genau gegenüber herum. Ungesehen von den Sturmtruppen, logisch. Harrison Ford ist ganz schön schlau. Epischer Ausstieg, und er braucht in den Fortsetzungen nicht mehr mitmachen. Es sei denn, er taucht auch so nachtlichtmäßig auf, wie Obi-Wan und Yoda. Und Anakin, aber über den reden wir besser nicht.«

Ich wollte gerade auf Daniel Craig als Stormtrooper zu sprechen kommen, als einer der Männer die Tür öffnete.

Na also, geht doch. Spätzünder-Kavalier.

Das Zimmer hinter der Tür sollte mich vielleicht durch Größe und Pomp beeindrucken, aber die Figur, die mich breitbeinig stehend in der Mitte erwartete, verschlang alle meine Aufmerksamkeit.

Sie sah aus, als hätte man eine beinahe zwei Meter große Jessica Rabbit, schlecht gezeichnet, in eine Uniform gesteckt. Eine Uniform mit kniehohen Reitstiefeln und schwarzer Reithose, bei der ich nicht sicher war, ob sie die Hüften der Frau kaschieren oder betonen sollte. Schwarze Jacke, die eine Taille umschlang, deren Umfang das Wort »Korsett« in mein Hirn ploppen ließ. Monströse Oberweite, und weil die Frau schon kurz vor vierzig stand, wurde das Gewebe garantiert von einem kran-mäßigen BH oben gehalten. Oder stammte aus dem Chemielabor. Die Boller füllten ein weißes Hemd, auf dem waagerecht eine schwarze Krawatte lag. Und natürlich: Hellblonde Haare und hellblaue Augen.

Ich hatte zwei ganz wesentliche Fragen: Nanu, kein Monokel, keine Reitpeitsche? Und, wichtiger: Hieß sie Ilsa?

Ihr Anblick hatte mich einen Moment sprachlos gemacht, selten genug, deshalb kam sie mir zuvor.

»Ich bin Hauptmann Korff. Was wollen Sie?«


»Das ist kacke, dass die Ränge vom Patriarchat definiert wurden, oder? Sie könnten sich natürlich auch ›Hauptfrau‹ nennen, aber das klingt schon nach Haremsdame Nummer Eins, oder? Und ›Hauptperson‹ passt auch nicht, Sie sind wohl eher Nebenfigur. Was eine sehr elegante Überleitung dazu ist, dass ich eigentlich Oberst Albrecht sprechen wollte.«

»Ich glaube nicht, dass er Interesse an einer Unterhaltung mit einer solch impertinenten Person hat.«

Korff kehrte mir den Rücken zu und ging zu einem Schreibtisch von brobdingnagischem Ausmaß. Dort drehte sie sich wieder um und stützte sich mit ihren lederbehandschuhten Fingern auf die Marmorplatte.

Ich fühlte mich aufgefordert, etwas Interessantes zu sagen oder zu verschwinden.

»Meine offizielle Geschichte: Ich heiße Alina Kraczinski, bin aus Deutschland ausgewandert und will hier eine physiotherapeutische Praxis eröffnen.«

Korff spielte mir keinen Ball zu. Die Frau hatte

echt einen Besenstiel im Hintern.

»Ich bin tatsächlich gelernte Physiotherapeutin, und Sie sind eingeladen, sich von mir mal Ihre Ganzkörper-Verspannung raus massieren zu lassen. Obwohl das wahrscheinlich Tage dauert.«

»Kommen Sie zur Sache. Oder ich lasse Sie von meinen Leuten entfernen.«

»Also, um das mal klarzustellen: Sie denken ja, ich wäre unbewaffnet. Aber tatsächlich sind keine drei Meter hinter mir zwei Maschinenpistolen deponiert, auf die ich binnen Sekunden zugreifen kann.«

Ilsas Blick wanderte an mir vorbei zu den beiden Wachen.

»Raus mit ihr. Und stellt sicher, dass ich sie nicht wiedersehe.«

Das Parkett unter meinen Sohlen vibrierte, die Muskelprotze hatten sich auf den Weg gemacht.

Ich bückte mich, drehte mich um und schwang dabei dem ersten mein Schienbein vor den Knöchel seines Standbeins.

Es knackte.

Bei ihm, ich habe immer viel Milch getrunken. Und wenn man schon seit dem Kindergarten Kampfsport trainiert hat, hilft das auch ein bisschen. Nicht nur Muskeln werden härter.

Tat trotzdem weh.

Aber egal, der Mann taumelte, und während er um sein Gleichgewicht rang, konnte ich ihm mühelos die Waffe abnehmen.

Seine Fuchtelei zwang seinen Kameraden, einen Schritt zur Seite zu machen, bevor er auf mich anlegen konnte.

Ich nutzte die Zeit für einen sorgfältig gezielten Schuss in seinen Oberschenkel.

Er fasste mit der Hand auf die Wunde, statt sich auf mich zu konzentrieren, und kassierte zur Strafe direkt noch ein Loch im Bein. Durch die Hand.

Ich war in zwei Schritten bei ihm und befreite auch ihn von seiner FMK-3.

Nummer Eins hatte sich wieder berappelt und zog gerade eine Glock aus dem Gürtelhalfter.

Ein Schuss in seine Schulter und schon lagen die Grüße aus Deutsch-Wagram auf dem Boden. Zum Abschluss entfernte ich ihm die Schneidezähne mit dem Magazinboden meiner FMK-3 ohne Betäubung, trotzdem sackte er bewusstlos zusammen.

Die Schüsse und das Geschrei von Nummer Zwei hatten die anderen beiden alarmiert, logisch, sie stürmten in den Raum und feuerten auf mich. Aber ich hatte mich ein paar Meter von der Tür entfernt, konnte also gut abschätzen, wo ihre Schüsse hingehen sollten und hatte keine Probleme, dann dort nicht zu sein.

Nach ein paar Sekunden stand ich neben Korff, von deren Titten die Kugeln wahrscheinlich abprallen würden. Die Schergen stellten ihr Feuer ein.

Ich zielte auf niemanden, keiner sagte was, meine Spielgefährten machten einen ratlosen Eindruck.

Korff fummelte an sich herum, ohne dass ich es merken sollte.

»Hör mal, Ilsa, ich habe bis jetzt nur zwei deiner Minions verletzt ... Möchtest du, dass ich meine Großzügigkeit bereue?«

Sie ließ die Hände wieder zurück zu den Hosennähten gleiten. Ich bedauerte ein bisschen, dass ich nicht noch einen Moment gewartet hatte. Wäre bestimmt interessant gewesen, was sie da zum

Einsatz bringen wollte.

»Ich würde jetzt wirklich gerne mit Oberst Albrecht sprechen. Wenn er mir sagt, dass er kein Interesse an meiner Person hat … schön, dann verschwinde ich wieder. Aber-«

»Nein, bitte bleiben Sie noch ein wenig«, schallte es von irgendwo aus einem Lautsprecher.

Eine halbe Minute später öffnete sich eine Tapetentür und ein Kerl Mitte vierzig betrat das Zimmer, das man in anderen Häusern Halle nennen würde.

Er ging ohne Zögern auf mich zu und bedeutete dabei seinen Bütteln mit einer Geste, sich dünn zu machen.

Noch bevor der Mann mir die Hand schüttelte, waren die Burschen verschwunden, mitsamt ihrem bewusstlosen Kumpel. Die Amazone blieb allerdings.

»Ich bin nicht erfreut, Sie kennen zu lernen, aber interessiert, mehr über sie zu erfahren, Frau …«

»Kowalski.«

Einen Moment musterten wir uns. Er trug einen sandfarbenen Dreiteiler, der einen teuren Eindruck machte, saß jedenfalls sehr gut. Etwa so groß wie ich, passabel in Form für das Alter, nur ein bisschen Plauze. Blond, aber schon mit viel grau dazwischen. Auffällig dunkle Augenbrauen über hellblauen Augen. Vom Gesicht her Korff ein bisschen ähnlich, vielleicht waren sie verwandt.

Der Genpool in solchen Städtchen ist ja oft nicht so vielfältig. Um es mal höflich zu sagen.

Apropos Gene: Die von Albrecht schienen nicht ganz in Ordnung zu sein. Er hatte ein enorm breites

Kinn, als wäre er einem Detektivcomic aus den Dreißigern entsprungen. Ich vermutete Cherubismus, Wucherungen der Kieferknochen.

»Und wollen Sie mir auch Ihren Vornamen verraten?«

»Ich würde ja sagen: Suchen Sie sich was aus, aber hinterher nehmen Sie sowas Blödes wie ›Candy‹ oder so. Candy Kowalski, bwuäh! Wie wär's also mit Alina? Pogo in Togo, Chaos in Laos, Alina in Argentina.«

»Gut. Ich bin Siegfried Albrecht. Die meisten Leute nennen mich ›Oberst‹, obwohl ich nie in einer Armee gedient habe. Es ist ein Ehrentitel, den man von meinem Großvater und Vater auf mich übertragen hat.«

Er schlenderte währenddessen hinter den Schreibtisch, den man auch als Tennisplatz hätte nutzen können, öffnete eine Schublade und holte, natürlich, eine Schnapspulle ans Licht.

Ich lehnte sein Angebot mit einem Kopfschütteln ab, und niemand kam auf die Idee, mir ein Wasser oder einen Saft hinzustellen. Auch egal.

Ich musste mich jetzt sowieso aufs Lügen konzentrieren.


Lügen fällt den meisten Leuten leicht. Mir nicht, weil ich geistig behindert bin.

Sozusagen.

Nicht in der Art, dass man mir nur einen Holzlöffel als Besteck zugesteht. Und umsonst Bus fahren darf ich auch nicht.

Aber in meinem Kopf gibt es eine Stelle, an der nicht alles so läuft, wie es soll.

Deshalb kann ich keine Gesichter lesen.

Körpersprache beherrsche ich so flüssig, dass ich bei fast allen Diskussionen darin die besseren Argumente habe. Mimik hingegen … ich lerne immer noch. Macht keinen Spaß.

Einfühlen in das Gegenüber und dann die richtigen Sachen an den richtigen Stellen sagen ist aber das, was einen guten Lügner ausmacht.

Zum Glück gibt es einen guten Notbehelf für so arme Schweine wie mich.

Auch, wenn der mir fast noch schwerer fällt.

»Vielleicht sagt Ihnen mein Name nichts. Aber in Europa hatten die Kowalskis einen guten Ruf. Wir waren die erste Wahl, wenn Sie Söldner brauchten. Vor nicht allzu langer Zeit schloss ich ein Geschäft allerdings so erfolgreich ab, dass meine Kollegen sich zur Ruhe setzen konnten. Ich bin die einzige noch aktive Kowalski, weil ich ein bisschen zu jung bin, um auf der Veranda zu sitzen, Sherry zu trinken und den Poolboy im Gegenlicht des Sonnenuntergangs zu ficken.«

Soweit stimmte das alles. Vor allem mag ich keinen Sherry.

»Aber jetzt ist Ihnen das Pflaster zu heiß geworden? Werden Sie gesucht?«, fragte Albrecht.

»Ich werde nicht gesucht, weil kaum jemand in der Exekutive weiß, dass es mich gibt. Und die es wissen, halten sich bedeckt. Aus verschiedenen Gründen.«

Und jetzt kam die Lüge. Erster Teil: vage Andeutung.

»Nein, ich habe Deutschland, eigentlich ganz Europa, freiwillig den Rücken gekehrt. Ich fühle mich dort nicht mehr so richtig zu Hause …«

»Warum?«

Zweiter Teil: konkretere, aber eher metaphorische Erläuterung.

»Tja, wie soll ich das sagen? Ich habe hier zum ersten Mal seit gefühlt Jahrzehnten ein Restaurant namens ›Edelweiss‹ gesehen. In Deutschland gibt es nur noch ›Istanbul Grill‹ und ›Saloniki Imbiss‹ ... Ich meine, Sie werden hier ja auch Internet haben und wissen, was los ist ...«

Ich machte noch eine Geste, die zwischen Schulterzucken und Auf-Alles-weisen lag. Mein Schauspiellehrer hatte mir das als non-verbale Kommunikation von »Ich kann die Welt nun mal nicht ändern« empfohlen.

Und jetzt der schwierige dritte Teil: Schnauze halten. Das Gegenüber soll die weißen Stellen ausmalen.

»Ich glaube, ich weiß, was sie meinen«, sagte Albrecht. »Die langsame Unterwanderung der europäischen Kultur ... mittlerweile durch die sogenannte Flüchtlingskrise zu einer unbewaffneten Invasion mutiert. Sie haben recht, wir beobachten natürlich auch, was in der alten Heimat los ist. Vor ein paar Wochen noch hatte ich in Frankfurt zu tun und, um ganz ehrlich zu sein, ich war froh, wieder hier zu sein.«

Er schüttete sich noch einen Schnaps ein, schaute mich an und schwieg eine Weile. Eine Sekunde, bevor ich es nicht mehr aushielt und meinen Mund aufmachen wollte, fuhr er fort.

»Ich nehme an, Sie sind zu uns gekommen, weil Sie irgendwo gelesen haben, dass hier die Nachkommen geflüchteter Nazis leben. Das stimmt. Mein Großvater war ein überzeugtes Mitglied der

NSDAP. Er hat im Krieg Befehle gegeben und befolgt, die man schon damals durchaus kritisch sehen konnte. Trotzdem sind wir der Meinung, dass das, was man als das deutsche Wesen bezeichnet, keine schlechte Sache ist und bemühen uns, es in unserer kleinen Welt am Leben zu erhalten. Ich wüsste aber niemanden auf diesem Kontinent, der die Absicht hätte, nach Deutschland zurück zu kehren und dort das vierte Reich anzuzetteln. Oder, Hauptmann?«

»Nein, Herr Oberst.«

»Wofür dann die Privatarmee?«, fragte ich.

Albrecht lächelte breit, aber auf seinem birnenförmigen Gesicht sah das eher grotesk als freundlich aus. Wenn es überhaupt so gemeint war.

»Ihnen ist sicher aufgefallen, dass wir recht komfortabel leben. Und es gibt immer Neider, die einem die Früchte harter Arbeit missgönnen. Wenn es stimmt, was Sie von sich behaupten, ist Ihnen das sicher bewusst.«

»Sie können sich ja über mich erkundigen.«

»Das habe ich vor.«

»Und wenn Sie meinen, Sie könnten mich brauchen, stehe ich zur Verfügung.«

»Gut. Wollen Sie solange unser Gast sein?«

»Nein. Ich schaue morgen um die gleiche Zeit wieder vorbei. Wenn Sie interessiert sind, lassen Sie mich bewaffnet rein.«

Ich stand auf. Korff machte ein merkwürdiges Gesicht. War sie empört, weil es eigentlich ihrem Boss zustand, das Gespräch zu beenden? Drauf gekackt, ich machte mich auf den Weg.

Hinter mir hörte ich Albrecht ein paar Anweisungen geben.

Niemand stellte sich mir entgegen, und unten am Ausgang bekam ich meinen Krempel ausgehändigt.

Ich ging zurück zur Cantina Edelweiss.

Die beiden Barhocker saßen immer noch vor dem Tresen, dahinter wischte der Wirt Pilsgläser aus. Wie Wirte das immer zu tun scheinen.

Ich winkte ihn an das Ende der Theke und beugte mich darüber, als ob ich ihm etwas super-geheimes mitteilen wollte.

»Ja, Fräulein?«

»Ihr Deutsch ist ja sehr gut, aber kennen Sie auch das Wort ›Petze‹?«

»Äh, ja, aber ich weiß nicht, was Sie mei-«

Ich unterbrach ihn mit einer lehrbuchmäßigen Ohrfeige, die ihn einen Meter zur Seite schwanken ließ.

Auf dem Weg nach draußen grinste mich einer der Gäste an und zeigte mir versteckt einen Hochdaumen. Ich lächelte und zuckte mit den Schultern, weil mir das die passende Geste für »Ist er selber schuld« zu sein schien.

Wohin jetzt?

Mochte sein, dass es hier ein Fremdenzimmer oder eine kleine Pension gab, aber die stand garantiert unter Albrechts Überwachung. Wenn die schon Drohnen einsetzten …

Ich stieg in meinen Landcruiser, verließ Sangre y Tierra in nördlicher Richtung und bog nach ein paar Kilometern rechts in einen unbefestigten Nebenweg, der nicht viel weniger holprig war als die Haupt- straße. Drei Fahrminuten später ließ ich die Felder hinter mir und fuhr in einen Wald. Kein Dschungel, nur ein Wald. Noch fünfhundert Meter über Stock und Stein und ich wurde für die Zivilisation unsichtbar.

Mit einem Zweig verwischte ich die Reifenspuren bis hin zum Feldweg. Wenn mich jetzt jemand besuchte, hieß das, dass mich entweder eine weitere Drohne verfolgt hatte oder dass man mich oder den Landcruiser verwanzt hatte.

Ich durchsuchte die Sachen, die ich in der Residencia in Verwahrung gegeben hatte, fand aber nichts.

Gut, also konnte ich ein falsches Nachtlager neben dem Toyota aufbauen und mich selber ein paar Dutzend Meter entfernt aufs Ohr hauen.

# 2

Eigentlich wollte ich Albrecht ja wieder am späten Nachmittag besuchen, aber wegen der Ereignisse der vergangenen Nacht dachte ich, ich schaue mal etwas früher vorbei.

Ich drückte also den Klingelknopf an der Steinsäule neben dem Tor, hielt erst meinen Stinkefinger, dann den Kopf des Söldners vor die Kamera. Den Kopf warf ich über das Gitter, dann machte ich mich vom Acker.

»Bei allem Respekt, Oberst, ich halte das für einen großen Fehler.«

»Ich nehme Ihre Vorbehalte zur Kenntnis, Hauptmann, aber meine Entscheidung steht fest: Ich werde Kowalski bewegen, für uns zu arbeiten.«

»Wir sollten sie laufen lassen.«

»Wenn sie tatsächlich für den BND arbeitet, wird sie wahrscheinlich zurück kehren, und dann sind wir nicht auf sie vorbereitet. Sie wissen doch, dass man seinen Feinden näher sein soll als den Freunden ... Wenn Kowalski vor Ort ist, können wir sie besser kontrollieren, als wenn sie sich wer weiß wo rum treibt. Hinterher dient sie sich noch Samann an.«

»Nach allem, was wir über Kowalski erfahren haben, bezweifle ich, dass man die ›kontrollieren‹ kann.«

»Nach allem, was wir über Kowalski erfahren haben, bin ich sicher, dass wir sie hervorragend gegen Samann einsetzen können. Danach darf der Doktor sie als Versuchskaninchen benutzen.«

»Ich würde sie auf keinen Fall länger am Leben lassen, als-«

»Ende der Diskussion, Korff. Der Hubschrauber wartet auf mich.«


Auf dem Rückweg nach Buenos Aires überlegte ich, wie ich weiter vorgehen sollte.

Mein Auftrag war, das Verschwinden der drei BND-Agenten zu klären. Durch die Botin hatte ich herausgefunden, wer sich da auf den Schlips getreten fühlte. Dass Albrecht auch die Agenten hatte töten lassen, fand ich so logisch, dass ich die Residencia, vielleicht sogar die ganze Colonia platt gemacht hätte. Wenn es nach mir ginge. Aber meine Auftraggeber interessierten sich auch für das »Warum« und da konnte ich keine Antworten bieten.

Ich wollte also mit dem BND Kontakt aufnehmen, denen von Albrecht erzählen, mir deren Vorschläge zur weiteren Vorgehensweise anhören und dann, aller Wahrscheinlichkeit nach, das Gegenteil tun.

Weit war ich noch nicht gekommen, als ein Hubschrauber mich überholte. Einer von der Sorte Killer-Ei, also ein kleiner, runder, auf der Basis des Hughes MD500. Oder wie er gerade hieß, das Design zieht sich durch mehrere Firmen und Jahrzehnte. Und die meisten davon fliegen sich ziemlich kacke.

Der hier jedenfalls drehte einen halben Kilometer vor mir um. Ich dachte erst, der wollte mich angreifen. Hätte er aber besser von hinten gemacht.

Und er ging einfach nur runter, setzte gerade eben lang genug auf, dass ein einzelner Mensch raus springen konnte und zog wieder hoch.

Ich hatte mein Tempo verringert und bummelte mit fünfzig Sachen auf die Figur zu, die da mitten auf meiner Fahrbahn stand. Aus rund zweihundert Metern Entfernung erkannte ich, dass Oberst Schweinebacke sich persönlich bemüht hatte.

Gelegentlich verwechseln Leute Gas und Bremse. Könnte mir auch passieren. *Blotsch*, Instant-Kühlerfigur, Spirit of Agony. Und Hauptfrau Korff würde mit ein bisschen Glück auf Rache sinnen und mich mit ihren Söldnern kreuz und quer durch Argentinien jagen, vielleicht sogar noch von irgendwelchen Leuten Unterstützung einfordern. Ein paar Dutzend kamen da bestimmt zusammen. Ich könnte mich auf meiner »Flucht« in Richtung Bariloche bewegen. Garantiert hatte Albrecht dort ein paar Skat-Kumpel, die sich an der Jagd auf seine Mörderin beteiligen wollten.

Das wäre mal eine Show, vielleicht sogar das große Finale.

Mir kam Robert Redford in den Sinn, und Paul Newman, der ein paar ungelenke Runden auf einem Fahrrad dreht …

Aber mir gefiel, dass Albrecht keinen Lakaien geschickt hatte, sondern sich persönlich um mich kümmerte. Also verschob ich das *blotsch* und hielt zwanzig Meter vor ihm an.

Er hob die Hände über den Kopf.

Ich stieg aus und visierte ihn mit dem Colt an, während ich auf ihn zu ging.

Er konnte keine Falle gestellt haben, zu wenig Zeit, etwas vorzubereiten. Das Killer-Ei blieb auf

Position in ein paar Hundert Metern Entfernung und zu hoch über der Straße, als dass sich jemand schnell mal abseilen konnte.

Albrecht hatte sich also bemüht, mir seine freundlichen Absichten zu demonstrieren. Aber das hatte ich bei anderen Gelegenheiten auch schon, und trotzdem gab es jedes Mal mindestens einen Toten.

Ich war nicht so vertrauensselig, hielt ihn im Visier und umkreiste ihn in einem Abstand von zwei Metern. Die Umlaufbahn, um eventuellen Heckenschützen das Handwerk zu erschweren, der Abstand, um ihm nicht die Gelegenheit zu einer Attacke zu bieten.

Würde er »Ich komme in Frieden, Erdling« sagen? Nein, auf die Idee kam er nicht.

»Das war niemand von meinen Leuten.«


»Normalerweise hätte ich jetzt gesagt ›Hätte ich jetzt auch gesagt‹, aber Sie hätten sich nicht die Mühe machen müssen, mir das zu sagen. Also: Einzelheiten.«

»Der Kopf gehört Humberto Torres, einem Handlanger von Wilhelm Samann. Samann ist einer meiner Wettbewerber, wenn man so will. Er residiert bei Nuevo Berlin in Uruguay.«

Der Name stimmte. Ich hatte die drei Leichen durchsucht, alle trugen Papiere bei sich. Sehr unprofessionell. Noch blöder: In deren Telefonkontakten stand tatsächlich ein Samann. Albrecht tauchte dort nicht auf, aber ich hatte angenommen, dass die drei wohl kaum ihren Arbeitgeber auf diese Weise belasten würden. Wenn Albrechts Erklärung zutraf, waren die anscheinend doch so doof.

»Vielleicht haben Sie Ihren alten Kumpel Willi aber auch um einen Gefallen gebeten?«

»Wäre ich dann hier?«

»Um mich in Sicherheit zu wiegen, anzuwerben und dann in aller Ruhe in der Residencia zu töten?«

»Ich habe mich inzwischen über Sie erkundigt. Ich kann auf keinen Fall zulassen, dass Sie in Samanns Dienste oder die eines anderen Konkurrenten treten. Also habe ich zwei Möglichkeiten, oder?«

»Mich töten oder engagieren.«

»Ja. Und der Versuch, Sie zu töten, scheint mir zu riskant. Senor Torres würde mir im Nachhinein sicher zustimmen.«

Oberst Schweinebacke hatte diesen Spruch ziemlich trocken gebracht, das gefiel mir.

»Also begrüßen Sie mich als Angestellte der Albrecht GmbH?«

»So eitel war mein Großvater bei der Namensgebung nicht. Ich leite die Wewelsburg SRL und die Wewelsburg SA. Aber ja, wenn Sie unsere Interessen vertreten wollen, würde mich das sehr freuen.«

»Wie wär's, wenn Sie mir auf der Rückfahrt erzählen, welche Interessen das sind?«

Ich ließ ihn auf dem Fahrersitz Platz nehmen und machte es mir auf der Rückbank bequem. Den Colt steckte ich noch nicht weg.

»Sie sind nicht sehr vertrauensselig«, stellte Albrecht fest.

»Deshalb bin ich so alt geworden.«

»Ich würde Sie nicht älter als Dreißig schätzen«, sagte er, während er den Motor startete.

»Früh angefangen.«

»Ja, das habe ich gehört. Stimmt es, dass Sie Samir Hyka auf dem Gewissen haben?«

»Die Formulierung ist nicht ganz korrekt.«

»Aber es stimmt? Da können Sie doch höchst-«

»Ja, ist lange her. War einer meiner ersten Aufträge. Sie wollten mir von der Wewelsburg soundso erzählen.«

»Richtig. Mein Großvater hat die Wewelsburg SA 1946 gegründet, fast unmittelbar, nachdem er hier gestrandet war. SA heißt in diesem Fall Sociedad Anónima, das entspricht im Wesentlichen der deutschen Aktiengesellschaft. Großvater hatte ein bisschen Kapital vor den Alliierten retten können und investierte das hier sehr umsichtig und in niedriger Dosierung.«

»Also machen Sie ihr Geld über Beteiligung an anderen Firmen?«

»Ja, das ist die eine Einkommensquelle. Zur Wewelsburg SRL: Etliche deutsche Wissenschaftler, die ihre Erkenntnisse nicht unbedingt den Amerikanern und schon gar nicht den Russen zur Verfügung stellen wollten, fanden hier ebenfalls eine neue Heimat. Großvater konnte ihnen Labore, Ausrüstung und andere Mittel zur Verfügung stellen. Die deutsche Wissenschaft war damals anderen Nationen auf vielen Gebieten ein paar Jahre voraus und so etablierte sich die Wewelsburg SRL recht schnell auf dem Medizinsektor. Wir stellen nicht her, weder Geräte noch Pharmaka, wir forschen und entwickeln vielmehr und verkaufen dann die Patente.«

»Und Samann?«

»Im Prinzip das Gleiche. Wir sind Coca-Cola, er ist Pepsi. Nur wird unsere Rivalität mit ziemlich harten Bandagen ausgetragen. Ich kann ihm noch nicht einmal vorwerfen, dass er Sie töten wollte. Hätte ich an seiner Stelle auch gemacht.«

»Woher wusste er von mir?«

Albrecht zuckte mit den Schultern.

»Ich habe in seinem Nest auch ein paar faule Eier deponiert. So lange er keinen Einblick in unsere Forschung nehmen kann, ist mir egal, ob er weiß, mit wem ich zu Abend esse.«

Zurück an der Residencia wurden wir von Korff empfangen.

Sie hatte ihre Mimik ausreichend im Griff, um zumindest mir keine Hinweise auf ihre Meinung zu meiner Rückkehr zu geben.

Sie trug allerdings ein Pistolenhalfter am Gürtel, das ich gestern garantiert nicht übersehen hätte. Der Form nach steckte eine Pistole 08 darin, nach ihrem Entwickler auch Luger genannt. Ich nahm mir vor, Korff darauf mal anzusprechen. Hauptsächlich, weil ich sicher war, dass sie mir dann erzählen würde, dass die Waffe aus dem Besitz von Heinrich Himmler stammte oder so. Bei all den Knarren, die irgendwelchen Nazigrößen zugeschrieben wurden, musste man zu dem Schluss kommen, dass die unteren Ränge der Wehrmacht damals unbewaffnet in den Krieg gezogen waren.

Jedenfalls niedlich, dass sie dachte, sie könnte mir damit gefährlich werden.

Kacke, ich musste mich wieder bremsen. Nur weil die solche Glocken hatte, und keine Glock, hihi, musste sie ja keine schlechte Schützin sein. Und Albrecht machte mir nicht den Eindruck, als würde er inkompetente Leute einstellen, um darauf zu warten, dass sie vornüber kippen.

»Hauptmann Korff …« Ich lächelte.

»Frau Kowalski.« Sie nicht. Egal.

»Hauptmann, ich werde Frau Kowalski jetzt eine kleine Führung geben. Wir treffen uns in einer halben Stunde in meinem Arbeitszimmer und besprechen, wie wir sie am besten einsetzen können.«

Wir standen am Südeingang der Residenz, von außen identisch mit dem im Norden. Hinter der Tür verbarg sich dieses mal allerdings kein Nacktscanner, sondern ein relativ kleiner Raum, dominiert von einer massiven Stahltür.

Entweder hatten sie gar keine Sicherungsmaßnahmen, sehr unwahrscheinlich, oder einen ganzen Haufen raffinierter unsichtbarer. Die Tür öffnete sich jedenfalls beinahe geräuschlos, ohne dass Albrecht ein Kommando gegeben, seine Hand auf irgendeine Fläche gelegt oder gar einen Schlüssel benutzt hätte.

Wir standen in einem etwa normgaragen-großen Raum. Decke, Wände, Boden, alles Edelstahl. Es dauerte nur ein paar Sekunden, bevor die nächste Tür sich öffnete. Der Druck auf meinen Ohren und das leise Zischen lieferten mir den Grund für die Verzögerung.

»Das ist eine Luftschleuse«, erklärte Albrecht. »Wir kommen jetzt in den Reinraumbereich.«

»Ich habe heute nicht geduscht.«

»Keine Sorge, wir machen lediglich den Besucher-Rundgang außen um die Labore herum. Hier gibt es nur ein paar Maßnahmen zur Vorfilterung, eigentlich bewegen wir uns in einer zweiten Luftschleuse, wenn man so will. Wenn Sie allerdings durch diese Tür hier wollten, müssten Sie dahinter in einen Schutzanzug steigen, ein Haarnetz tragen, sich die Hände desinfizieren und so weiter. Eine Etage tiefer erfolgt der Zutritt nur durch zwei Duschen, eine mit Wasser, eine mit Ultraschall.«

»Auf dem Plan sieht es so aus, als ob der Keller größer wäre als das Haus?«

»Ja, Ende der Neunziger platzte dieser Bereich aus allen Nähten und mein Vater entschloss sich dazu, unterirdisch anzubauen. Wir hatten vorher schon einen Teil der Labore ausgelagert, sogar in Buenos Aires entsprechende Immobilien angemietet, aber wir mussten feststellen, dass sowohl die Qualität der Forschung als auch die Geheimhaltung darunter litten. Unter der Residenz und unter dem Parkplatz geht es drei Stockwerke in die Tiefe.«

Die Runde dauerte etwa eine Viertelstunde. Hinter dicken Glasscheiben beschäftigten Leute in weißen Overalls sich mit verschiedenen Apparaturen. Das sah für mich im Grunde alles gleich aus, auch wenn Albrecht zu jedem Schaufenster verschiedene Fachbegriffe abspulte.

Einer der Schneemänner packte gerade einen Haufen Laborkram in etwas, das aussah wie ein Backofen, zog die Schwingklappe herunter und betätigte einen Schalter. Durch das Fenster in der Klappe sah ich eine weiß-blaue Flammenwand aufleuchten.

Albrecht hatte anscheinend bemerkt, dass mir bei diesem Anblick eine Augenbraue hoch gegangen war.

»Ein Plasmaofen, zur Sterilisation und zur Vernichtung überschüssigen Materials. Kommt innerhalb von Sekunden auf Betriebstemperatur, schnell und effektiv.«

»Nett.«

»Ja ... Dieses Team arbeitet daran, die Nebenwirkungen eines Anti-Depressivums abzumildern, das ein großer Hersteller letztes Jahr auf den Markt gebracht hat. Pikanterweise entfaltet das Medikament bei bestimmten genetischen Voraussetzungen eine beinahe gegenteilige Wirkung.«

»Wenn Rothaarige das schlucken, knüpfen die sich sofort auf?«

»Ganz so drastisch ist es nicht, es geht auch nicht um die Haarfarbe, aber prinzipiell liegen Sie richtig. Die Wewelsburg SRL hat sich schon sehr lange mit der menschlichen DNS beschäftigt und dabei einen gewissen Vorsprung gewinnen können, auch vor den ganz großen Spielern auf dem Markt. Und weil wir selbst nicht herstellen, vertrauen die uns einen Teil der Entwicklung an. Zumindest, wenn sie sonst nicht mehr weiter wissen.«

»Und Sie lassen sich das richtig fett bezahlen.«

»Wir wären ja dumm, wenn wir das nicht täten.«

»Behalten Sie diese Weisheit im Hinterkopf bis wir gleich über mein Gehalt reden.«

Die Tour endete am Ausgangspunkt. Ich zeigte auf die Karte.

»Und im Keller basteln Sie Kampfstoffe?«

Albrecht verzog seinen Mund zu einem Ausdruck, den man mir schon seit meiner Kindheit regelmäßig zeigte und von dem ich mittlerweile wusste, dass man ihn »gequältes Lächeln« nennt. Menschen wollen freundlich bleiben, obwohl ich gerade in einem Fettnäpfchen stehe.

»Der Großteil unserer Kunden stammt aus der Pharmaindustrie.«

Also hatte ich wohl recht.

»Etwas ist noch zu tun,« sagte Albrecht. »Der letzte Teil Ihres Vorstellungsgespräches, wenn man so will ... Ein kleiner Test.«

»Mit Orangen jonglieren, dabei einen Stepptanz aufführen und gleichzeitig das Katherina-Magdalena-Lupensteiner-Wallerweiner-Lied singen?«

»Äh, nein, nichts dergleichen. Folgen Sie bitte.«

Albrecht lotste mich durch die Residenz. Irgendwo in der Mitte, wahrscheinlich nah am westlichen Eingang, ging es durch eine weitere Stahltür in einen weiteren Keller. Hier gab es allerdings keine Maßnahmen, die Räumlichkeiten keimfrei zu halten.

Am Ende eines langen Ganges, mit dicht nebeneinander platzierten Türen auf beiden Seiten, blieben wir stehen.

»Hinter dieser Tür ist ein Gefangener. Sie werden ihn eliminieren.«

»Werde ich das?«

»Das ist Voraussetzung für Ihre Einstellung.«

»Und wenn nicht? Sie sagten selbst, dass Sie mich entweder engagieren oder töten müssten.«

Albrecht schloss die Tür auf, ohne zu antworten. Dann öffnete er die Tür gegenüber, ging in diese Zelle und zog die Tür hinter sich zu.

Das war so simpel, dass ich Blödiane überhaupt nicht gemerkt hatte, was gerade abging: Er war dort vor mir in Sicherheit.

Gut, entweder kamen jetzt die Sturmtruppen oder man würde Gas einleiten oder den Gang fluten oder den Kraken loslassen oder was weiß ich, was die für Filme gesehen hatten.

Aber nichts dergleichen passierte, stattdessen drang Albrechts Stimme aus irgendwelchen Lautsprechern.

»In der Zelle vor Ihnen haben wir Karl Müller fixiert. Er hat versucht, uns im Auftrag des Bundesnachrichtendienstes zu infiltrieren. Er ist der vorletzte von bisher vier Agenten des BND. Beweisen Sie mir, dass Sie nicht Nummer Fünf sind.«

»Ich bin keine Nummer, ich bin ein freier Mensch«, sagte ich und schaute in die Zelle.

Man hatte Müller an einen Stuhl gefesselt. Er sah ziemlich kacke aus, die hatten ihn mit robusten Methoden verhört. Oder vielleicht nur aus Spaß fertig gemacht.

Ich sagte hallo.

Müller zuckte zusammen und sah auf. Nun bin ich ja nicht der allereinfühlsamste Mensch, aber dass der ein Wrack war, konnte selbst ich erkennen. Den hatten sie nicht nur physisch gefoltert.

Gut, dass mir sowas nicht passieren konnte.

»Sicher, dass ich den töten soll?«, fragte ich ins Leere. »Der ist blond und blauäugig ... gute, arische Gene ... Ich stelle mich gerne zur Verfügung, die Samenspende zu entnehmen.«

Ich musste kichern. Müller fand das nicht lustig, begann vielmehr zu zittern. Galgenhumor scheitert, wenn er vom Henker kommt.

»Ganz sicher«, sagte Albrecht über Lautsprecher. »Erschießen Sie ihn. Beweisen Sie mir, dass-«

»Ja, ja.«

Ich trat hinter Müller, legte meinen linken Arm um seinen Hals und ruckte den Kopf nach hinten rechts. Es knackte, Müller starb fast sofort und ohne allzu viel Schmerzen. Nehme ich jedenfalls an, ich spreche nicht aus Erfahrung. Mehr konnte ich kaum für ihn tun.

Natürlich hätte ich ihn erschießen können, ein fünfundvierziger Loch im Kopf wirkt noch schneller. Aber ohne Unterschallmunition und Schalldämpfer wäre das in so einem kleinen Raum zu laut gewesen.

Schwerhörigkeit ist eine unterschätzte, aber verbreitete Berufskrankheit in meiner Branche.

Albrecht kam aus seiner Zelle in der momentan richtigen Annahme, dass ich ihm nicht auch den Kopf zurechtrücken wollte und musterte die Leiche.

Mir war es zu still.

»Quino und Urban sind perfekt, Saldana und Pine sind okay, aber Pegg? Nichts gegen Pegg, ich würde ihm ins Winchester folgen, aber er als Scotty? Echt jetzt? Und dann entdeckt er die Methode, sich an Bord eines Raumschiffes zu beamen, das mit Warp-Geschwindigkeit unterwegs ist. Und endet als Maschinist an Bord eben dieses Schiffes. Man sollte meinen, dass der Mann, der Raumfahrt eigentlich überflüssig gemacht hat, einen besseren Job findet, aber nein ...«

Während ich redete, tauchten ein paar Söldner auf, die den Toten ungeschickt einsammelten.

Albrecht zündete sich eine Zigarette an, nahm einen tiefen Zug und kontemplierte einen Moment, abwechselnd mich und die Kippe betrachtend.

Voll theatralisch.

»Der BND sollte mal jemand Besseren schicken.« Er lachte kurz auf, als wäre sein One-Liner nicht bei jedem Drehbuchautor oberhalb der C-Liga im Papierkorb gelandet.

Tja, das hatte der BND tatsächlich getan ...

Korff hatte Albrecht gewarnt, dass es riskant wäre, aber der hatte ihre Bedenken in den Wind geschlagen.

Vielleicht zu recht, denn nun hatte er sich in der Zelle eingeschlossen und sich Kowalski entzogen.

Die guckte ein bisschen dumm, als sie merkte, was gerade passierte; Korff lächelte. Perfekt war Kowalski also nicht.

Korff schaltete auf eine andere Kamera, die in Müllers Zelle.

Kowalski machte einen ihrer dummen Witze, Albrecht wollte antworten, aber noch bevor er zu Ende sprach, hatte die junge Frau den Agenten getötet.

Korff informierte Albrecht über Müllers leisen Tod, sah noch einen Moment zu, wie der Oberst aus seiner Zelle trat und entschied nach ein paar Sekunden, dass Kowalski tatsächlich kein Interesse daran hatte, Albrecht zu töten.

Gut, also den Schalter für das Betäubungsgas wieder sichern und den Trupp rein schicken, um die Leiche zu entsorgen.

Korff sah sich die Aufnahme von Müllers Tod noch einmal an, zoomte dabei auf Kowalskis Gesicht. Korff hatte sich nicht getäuscht: Das Mädchen lächelte, als Müllers Genick brach.


Wir saßen ganz entspannt um einen kleinen Tisch herum.

Obwohl, eigentlich war nur ich entspannt.

Albrecht schien nie so ganz zu relaxen, das empfand er wohl als so wenig standesgemäß wie das Lösen des Krawattenknotens.

Und Hauptmann Korff hätte anscheinend lieber mit zusammengeschlagenen Hacken hinter ihrem »Vorgesetzten« gestanden. Ihre Untergebenen hatten garantiert noch nie ein »Rührt euch« hören dürfen. Vielleicht stand sie auch kurz davor, mir mal ihre Luger zu demonstrieren.

»Nach meinen Informationen sind Sie finanziell ganz gut ausgestattet?«, fragte Oberst Unterkiefer.

»Ich komme zurecht«, antwortete ich. Mir gehörte jeweils ein Prozent von Thincode, dem weltweit viertgrößten Software-Konzern, und Molecule, dem Hersteller der dazu passenden Hardware. Dreistellige Euro-Millionen. So ungefähr, genau wusste ich das nicht.

Das Witzige daran: Soviel Geld kann kein Mensch ausgeben, und ich schon gar nicht. Denn wenn ich mir zum Beispiel ein Schloss oder eine Yacht kaufe, kann man mich ja darüber finden. Und das wäre kacke.

»Und trotzdem verlangen Sie ein fünfstelliges Tagesgehalt.«

»Ja. Und Dollars bitte, keine Pesos. Sie wissen doch: Wenn du gut in etwas bist, mach es nie umsonst.«

Korff stand auf. Sie sagte nichts, sie ging auch nirgendwo hin, sie stand einfach nur da. Vielleicht ihre Art, Empörung zu zeigen? Zu erklären, dass der informelle Teil des Gespräches für sie beendet war?

»Gut«, sagte Albrecht. »Ich schätze, unsere Kooperation ist temporärer Natur. Die Wewelsberg SRL steht momentan kurz vor einem spektakulären Durchbruch. Samann weiß davon, und ich fürchte, er wird sich unser Wissen mit Gewalt aneignen wollen. Sein Anschlag auf Sie zeigt mir, dass er jegliche

Skrupel verliert und unbedingt die Kräfteverhältnisse bewahren will. Die sind nämlich nicht zu unserem Vorteil gestaltet, muss ich leider sagen. Sie werden also bezahlt, bis von Samann keine Gefahr mehr für uns ausgeht.«

Er schüttete sich noch ein Pinneken ein, war ja auch schon Mittag, und prostete uns zu, bevor er den Korn kippte.

»Ich hätte da aber noch eine Frage«, sagte ich. »Was will der BND von Ihnen?«

Albrecht und Korff tauschten sich stumm aus. Korffs Blick verriet ihren Unwillen, das Spiel noch weiter zu treiben. Albrecht fand Kowalskis Unverfrorenheit bemerkenswert und entschied sich, sie mit einer halboffiziellen Version des großen Ganzen am Haken zu halten. Und besser, er redete selbst, als dass er das dissonante Dröhnen aus dem Hals seines Gegenübers ertragen musste.

»Ich erwähnte bereits, dass mein Großvater mit einem gewissen finanziellen Polster nach Argentinien kam. Genau genommen war das allerdings nicht sein Vermögen, sondern Staatseigentum.«

»Das Nazi-Gold.«

»Ja, so nennen die Medien das gerne. Tatsächlich ging es aber um eine relativ geringe Menge Gold, nur wenige hundert Kilogramm. Der Großteil dessen, was sich an Bord jenes U-Bootes befand, in dem Großvater den Atlantik überquerte, waren Edelsteine und Wertpapiere.«

Albrecht schüttete sich einen weiteren Schnaps ein und versuchte, Kowalskis einsetzenden Redefluss zu ignorieren, der ihre Vermutungen über den damaligen Goldpreis zum Inhalt hatte.

»Es war jedenfalls ein beträchtliches Vermögen, Frau Kowalski. Ein großer Teil der Sachwerte wurde im Laufe der Jahre unauffällig verkauft, zum Beispiel die Gemälde. Eines davon tauchte leider jüngst auf, ein findiger Journalist recherchierte und veröffentlichte ein Buch, das gewisse, dem BND bekannte Informationen bestätigte. Seitdem sucht man nach weiteren Hinweisen. Bis jetzt konnten wir aber diese Suche erfolgreich sabotieren.«

»Und das wurde alles in Ihre Firmen investiert? Ich hätte ja eher gedacht-«

»Tatsächlich sollte das Kapital der Errichtung eines Vierten Reichs zugute kommen. Große Teile ruhen in Schließfächern und Tresoren. Auf hunderten Konten mehrt sich das Geld seit Jahrzehnten für die Wiederauferstehung des Nationalsozialismus.«

Albrecht pausierte eine Sekunde und lächelte ein pfiffiges Lächeln, das ein sensiblerer Zuhörer wahrscheinlich honoriert hätte.

»Aber das Problem, meine Liebe, ist: Niemand hat mehr Interesse daran, der zweite Hitler zu werden. Uns geht es gut. Keiner der Deutschen in Südamerika muss sich mit existenziellen Sorgen plagen. Es gibt ja auch unter Ideologien so etwas wie Evolution und Darwinismus, und die Geschichte hat doch ziemlich deutlich gezeigt, dass der Nationalsozialismus, zumindest in seiner damaligen Form, nicht überlebensfähig ist. Wir, die Nachfahren der alten Nazis, haben uns weiter entwickelt. Warum also ein großes Topfschlagen veranstalten, das unsere Zukunft aufs Spiel setzt?«

»Samann sieht das anders? Er wäre gerne der nächste Hitler?«

»Nein, eher im Gegenteil. Samann ist inzwischen um die Siebzig, schwer krank, kinderlos geblieben. Ich kann nur vermuten, dass bei ihm die große Lebensreue einsetzt, gemischt mit Senilität, sonst käme er nicht auf solch dumme Gedanken. Er möchte unser kollektives Vermögen der Bundesregierung überantworten, auf dass die sogenannten Opfer des Nationalsozialismus entschädigt werden.«

»Das können Sie natürlich nicht zulassen.«

»Wo kämen wir denn da hin? Selbst, wenn ich mich überreden lassen würde, die erwähnten Tresore, Schließfächer und Konten zu leeren – dann hätten doch alle die, die damals von der SS auch nur schief angeschaut wurden, die Oberhand. Und ganz schnell käme irgendein Itzig auf die Idee, dass die Wewelsburg SRL und die Wewelsburg SA ihren Platz in der Weltwirtschaft jüdischem Geld zu verdanken hätte, ungeachtet der enormen wissenschaftlichen Leistung, die von deutschen Forschern erbracht wurde, und dass wir enteignet werden müssten, damit man bei den Yankees Waffen kaufen kann, um sich gegen die Palästinenser zu ›wehren‹ … Nein, das kommt nicht in Frage, dass ich die Arbeit von drei Generationen mal eben dem zionistischen Imperialismus in den Schlund werfe …«

»Und nun ist der Streit darüber zwischen Ihnen und Samann soweit eskaliert, dass er den BND eingeschaltet hat?«

»Ich vermute es. Natürlich wollte oder konnte er keine allzu genauen Angaben machen, weil dann zuerst er selbst Opfer einer Untersuchung würde und keine Gelegenheit mehr bekäme, seine Agenda voran zu treiben. Deshalb mussten die Agenten, die bisher geschickt wurden, sich auch an uns heran tasten. Der, den Sie eben exekutiert haben, suchte ursprünglich in Bariloche nach Hinweisen. Die dortigen Eingeweihten der deutschen Gemeinschaft waren der Meinung, dass wir uns um ihn kümmern sollten ... Sie sehen also, wir sind noch ein Stück weit davon entfernt, uns ernsthaft auf die Finger sehen lassen zu müssen. Und in Kürze wird die Wewelsburg SRL hoffentlich-«

»Oberst, ich glaube nicht, dass Frau Kowalski sich sehr für Medizinwissenschaft interessiert.«

»Sie haben recht, Hauptmann, das ist vielleicht ein Thema für einen anderen Zeitpunkt. Gut, Frau Kowalski, Hauptmann Korff wird Sie mit den Einzelheiten und Ihrem Aufgabenbereich vertraut machen. Ich möchte betonen, dass Sie unter Korffs Kommando stehen und ihre Befehle zu befolgen haben. Hauptmann, dennoch werden Sie die Expertise unserer neuen Mitarbeiterin unbedingt berücksichtigen.«

»Alles klar.«

»Jawohl, Herr Oberst.«

»Sehr schön«, sagte er. »Ich werde mich jetzt noch mit den neuen Richtlinien befassen, die das Center for Drug Evaluation and Research sich wieder hat einfallen lassen. Man will, dass Medikamente im Supermarkt ›Over the Counter‹ verkauft werden und dann entwickelt man ein Zulassungsprocedere, das jede Pille fünf Dollar teurer macht ... die Amis halt.«

Albrecht verschwand, Korff stand immer noch schweigend neben dem Ziertisch.

»Also, Hauptmann … Vielleicht geben Sie mir als Erstes einen Überblick über unsere Streitkräfte?«

Ich lächelte wieder. Korff zog einen Moment die Augenbrauen zusammen, dann legte sie los.

»Mir stehen insgesamt fünfundvierzig Männer zur Verfügung. Durch Schichtdienst sind ständig dreißig vor Ort, die eine Hälfte aktiv, die andere auf Abruf. Die Männer sind in Dreiergruppen organisiert, die sich im Bedarfsfall zusammenschließen.«

»Wo kommen die her?«

»Ein Drittel sind Argentinier, ehemalige Angehörige der AFOE. Die Hälfte stammt aus Deutschland und hat größtenteils bei der Bundeswehr Dienst geleistet, vor allem beim KSK. Zwei oder drei SEK-Beamte. Bis vor ein paar Jahren hatten wir auch einen aus dem Luftsturmregiment 40 der NVA. Der Rest kommt aus Österreich und der Schweiz; ein Belgier ist auch dabei.«

»Und die sprechen alle deutsch?«

»Ja. Die Argentinier wissen, dass sie nach dem Militärdienst hier eine gut bezahlte Anstellung finden können und bereiten sich entsprechend vor, indem sie unsere Sprache lernen.«

»Klingt gut. Und die Ausrüstung? Glocks und FMK-3 habe ich gesehen …«

»Als Sturmgewehr benutzen wir das Steyr AUG.«

»Raketenwerfer?«

»Wir haben ein LAW.«

»Scharfschützengewehre?«

»Ein Steyr SSG 69.«

Korff tat sich schwer, mir alles zu erzählen. Vielleicht wollte sie noch ein paar Trümpfe im Ärmel halten.

»Und sonst?«

»Für die Türme haben wir noch zwei Maschinengewehre vom Typ Browning.«

»Zwei Brownings für vier Türme?«

»Selbst hier in Argentinien und selbst für uns sind Maschinengewehre nicht so leicht zu besorgen. Schon gar nicht die Munition.«

»Sprengstoff? Minen?«

»Sprengstoff ist vorhanden, aber ich müsste nachsehen, wie viel genau.«

»Fahrzeuge? Der Hubschrauber?«

»Der Hubschrauber ist unbewaffnet. Nur Oberst Albrechts Mercedes ist leicht gepanzert.«

»Insgesamt sind Sie also eher auf Verteidigung getrimmt.«

»Ja. Wir verstehen uns eher als Werkschutz, denn als Klein-Armee.«

»Und wie sieht es bei Samann aus?«

»Vor vier Monaten hat er erfahren, woran wir arbeiten. Danach hat er mehrere Male versucht, unsere Arbeit zu sabotieren. Unsere Wissenschaftler wurden von seinen Leuten angesprochen, bedroht. Oder man hat versucht, sie zu bestechen. Vor fünf Wochen hat er anscheinend eingesehen, dass ihn das nicht weiter bringt und angefangen, Söldner anzuwerben.«

»Wie viele?«

»Nach unseren Informationen verfügt er mittlerweile über rund zweihundert Mann.«

»Warum haben Sie nicht nachgezogen?«

»Wir wissen das erst seit vorletztem Montag. Und alle Anwerbungsversuche unsererseits sind gescheitert. Entweder wurden wir überboten ...«

»… oder die Kandidaten verschwanden plötzlich und wurden nie mehr gesehen, weil sie nicht so einen leichten Schlaf haben wie ich.«

»Wahrscheinlich. Außerdem hat er zwei bewaffnete Hubschrauber.«

Korff zog ein Tablet aus einer Schublade, drückte ein wenig darauf herum und reichte es mir. Ein Foto von einem Bell UH1-D.

»Ah, der klassische Vietnam-Slick, mit einem M60 in jeder Tür. Halb so schlimm. Hätte ja auch ein echtes Gunship sein können, mit Miniguns und Raketenwerfern«, sagte ich.

»Kommt noch, wischen Sie nach links.«

Die Miniguns saßen auf dem anderen Helikopter: Auch ein M500, wie der von Albrecht, aber eben mit zwei M134 auf den Kufen. Fest installiert, der Pilot muss den kompletten Hubschrauber auf das Ziel ausrichten. Aber bei bis zu sechstausend Schuss pro Minute muss das nicht ganz so präzise geschehen, irgendeine Kugel trifft immer.

Ich gab das Tablet zurück.

»Sieht nicht gerade total super aus für die Heim-Mannschaft, oder? Auf welchem Niveau sind Samanns Männer denn so?«

»Die, von denen wir wissen, sind ganz passabel. Torres, den Sie geköpft haben, wollten wir mal abwerben.«

»Hm. Er und seine beiden Kumpels waren so lala. Genau wie Ihre Leute.«

»Sie werden wahrscheinlich selten auf ebenbürtige Gegner treffen.«

»Doch, hin und wieder passiert das.« Dann stutzte ich. Kompliment oder Sarkasmus? Aber Korff hatte mich in Aktion gesehen, also blieb nur eine plausible Erklärung.

Ich strengte mich an und versuchte eine höfliche Antwort.

»Danke. Ich bin froh, dass wir uns auf professioneller Ebene verstehen.«

»Ja.«

Mehr kam nicht von Korff. Und mir fiel noch eine dritte Interpretation ein: Sie hielt sich für eine ebenbürtige Gegnerin.

»Tja, Hauptmann, dies ist nicht unbedingt der Beginn einer wunderbaren Freundschaft. Ich sehe dem Ende unserer Arbeitsbeziehung allerdings mit einer gewissen freudigen Spannung entgegen. Sie vielleicht auch.«

Korff blieb still, nickte nur.

»Okay«, sagte ich, »Eins nach dem Anderen. Was die Partie Albrecht gegen Samann angeht, sind wir uns aber einig, dass ein gewisses Ungleichgewicht der Kräfte besteht?«

»Definitiv. Ich habe schon einige Einsatz-Pläne ausgearbeitet, die das halbwegs ausgleichen. Wollen Sie die sehen?«

»Gerne!«

Korffs Pläne – die ziemlich gut waren, sie hatte taktisch was drauf – kamen drei Tage später zum Einsatz. Hätte ich mir denken können.


»Guten Morgen, Herr Oberst.«

Albrecht wusste, dass der Doktor etwas von ihm wollte, wenn er das Telefonat mit einer Begrüßung begann. Albrecht konnte sich sogar denken, um was es ging.

»Doktor, was kann ich für Sie tun?« Zu einfach wollte er es ihm aber nicht machen.

»Mir ist zu Ohren gekommen, dass Korffs Truppe einen Neuzugang zu verzeichnen hat.«

»Eine gewisse Fluktuation innerhalb des Personals ist nicht ungewöhnlich.« Irgendwer hatte dem Doktor Sachen erzählt, die ihm zu diesem Zeitpunkt noch verborgen bleiben sollten. Korff, notierte Albrecht gedanklich, sollte mal heraus finden, wer da den Mund nicht halten konnte.

»Hm, ja, natürlich. Mir geht es speziell um diese junge Frau ...«

»Und?«

»Heißt sie Kowalski?«

»Ja. Ist sie Ihnen bekannt?«

»Nur dem Ruf nach. Man nennt sie die Frau ohne Furcht.«

»Ähnliches ist mir auch zu Ohren gekommen. Aber ich werde das Gespräch jetzt abkürzen, Doktor: Kowalski steht Ihnen noch nicht zur Verfügung. Sie sind Ihrem kleinen Hobby schon mit dem BND-Agenten nach gegangen, und das war mir auch recht. Aber Kowalski ist nun Bestandteil unserer Truppe, und ich habe Ihnen die Bedrohungslage erklärt. Da Sie das Untergeschoss in den letzten sechs Tagen nicht ein einziges Mal verlassen haben, gehe ich davon aus, dass Sie diesen Erklärungen folgen konnten und deshalb Kowalskis vorläufige Unverzichtbarkeit einsehen.«

»Aber-«

»Kein Aber, suchen Sie sich vorerst ein anderes Spielzeug, dann sehe ich weiter. Kümmern Sie sich lieber um Ihre Kulturen.« Als hätte man mit einem Sechsjährigen zu tun, dachte Albrecht.

»Hm, ja, die Kulturen ... da läuft gerade nicht alles so, wie es soll. Es wird ein bisschen länger dauern, als ich angenommen hatte ...«

»Wie viel länger?« Eine formale Frage, die Antwort konnte Albrecht im Voraus buchstabieren.

»Schwer zu sagen, das hängt ein bisschen davon ab, wie intensiv ich daran arbeite ... und ich bin in letzter Zeit etwas, hm, wie soll ich sagen ...«

»Doktor, ich werde dieses Gespräch beenden, bevor ich der Versuchung erliege, Sie Ihre Petrischalen schlucken zu lassen.«

Albrecht legte auf und zündete eine Zigarette an.

Die Arbeit eines halben Jahrhunderts und dreier Generationen stand kurz vor dem Abschluss. Es hatte Entbehrungen und Rückschläge gegeben.

Sein Vater und sein Großvater hatten ihn zum Gleichmut erzogen, weil all diese Misserfolge und Sackgassen unvermeidlich auftauchten. Auf zwei Schritte nach vorne folgte einer zurück. Mit einem hehren Ziel vor Augen schreitet ein entschlossener Mann dennoch gelassen vorwärts, hatte Opa immer gesagt.

Mit solch frustrierendem Kinderkram hatte der sich offenbar nicht plagen müssen.


Ich stand jetzt zwei Tage in Albrechts Diensten und hatte mich so gut es ging in Korffs Mannschaft integriert. Die Männer akzeptierten mich widerwillig: Ich hatte zwei ihrer Kameraden verletzt, was sie einerseits kacke fanden, andererseits aber respektierten.

Erst ließen sie mich in Ruhe, aber langsam tasteten sie sich an mich heran.

An diesem Nachmittag machte ich ein paar Übungen im Freien, Klimmzüge an Ästen, Büsche verprügeln, so Zeug. Zwei der Söldner bummelten heran, sahen mir eine Weile zu und sonderten Kommentare über meinen Hintern und meine Titten ab, gerade laut genug, dass ich sie verstehen konnte.

Irgendwann wurde mir das zu doof.

»Bisschen Spaß, ihr Windelfurzer? Oder wollt ihr euch lieber gegenseitig die Sackhaare flechten?«, fragte ich und winkte sie heran.

Sie hatten verstanden, dass ich kloppen und nicht knutschen wollte, zogen ihre Jacken aus und kamen näher.

Natürlich konnte ich sie nicht zu nah heran lassen, also bekam Plattnase erstmal einen Abdruck meiner rechten Ferse auf seinen linken Oberschenkel geprägt, Kinnbart schlug ich mit der flachen linken Hand auf sein rechtes Ohr, so fest, dass er kurz Kopfschmerzen bekam, sein Trommelfell aber hoffentlich nicht platzte.

Ich gab den beiden Gelegenheit, ihre Wehweh-chen zu beklagen und giftige Blicke zu tauschen. Sie kamen jetzt entschlossener angerückt, es wurde interessant.

Noch interessanter fand ich allerdings die Gestalt, die in Albrechts Begleitung hinter den beiden auftauchte: Doktor Tod.

Der hieß natürlich nicht wirklich so.

Sondern Daniel Drügi-Todt.

Warum man den nicht DDT nannte, habe ich nie verstanden.

Andererseits passte Doktor Tod ziemlich gut: Er sah nämlich tatsächlich aus, als ob ein Verrückter

Wissenschaftler aus einem expressionistischen Stummfilm gestiegen wäre.

Plattnase versuchte einen Tritt vor meine Rippen.

Doktor Tod trug einen Laborkittel, auf dem die Knöpfe vom linken Oberschenkel zur rechten Schulter reichten, hielt dicke, schwarze Gummihandschuhe in seiner Linken. Und die Glasbausteine auf seiner enormen Nase lenkten nur sehr wenig davon ab, dass man sich das Grauhaar nicht wachsen lassen sollte, wenn die obere Schädelhälfte schon kahl ist.

Mit der rechten Hand fuchtelte er vor Albrechts Nase herum, während Kinnbarts Faust auf meine Nase zuschoss. Im Nachhinein: Das war vielleicht der Moment, in dem der Oberst und der Doktor über mich diskutierten.

Der Oberst ließ sich von des Doktors Gestik nicht beeindrucken. Er sah zu mir, sagte etwas, der Doktor hob ein letztes Mal den Zeigefinger, dann drehte er sich um und ging zum Südeingang.

Mein Fokus kehrte kurz wieder zum Training mit den beiden Sparringspartnern zurück.

»Vielleicht erklärt mir mal einer, warum ein Operationsroboter in der Zukunft nur die Daten für männliche Patienten programmiert hat?«

Javier, oder wie Plattnase auch immer richtig hieß, kassierte einen Tritt von mir, ein bisschen zu hart. Dafür erwischte mich Kinnbart von hinten, rammte mir die Faust in die Nieren. Die wollten mir echt zeigen, wo der Hammer hängt.

»Hat der nur vierundsechzig Kilobyte Speicher, oder was? Und einen Fötus entfernt man nicht anders als einen Blinddarm?«

Was machte Doktor Tod hier?

Dumme Frage, natürlich irgendeinen Virus zusammen brauen, dafür war er bekannt.

Wenn er an dem Durchbruch beteiligt war, von dem Albrecht gesprochen hatte, konnte das nichts Gutes heißen.

Als ich Kinnbarts Arm fasste, musste ich mich zur Konzentration zwingen. Ich rammte meinen Ellenbogen nur mit halber Kraft auf seinen Humerus. Er brach nicht, Kinnbart würde nur einen fetten blauen Fleck bekommen. Da hatte ich nochmal die Kurve gekriegt.

Schließlich brauchten wir im Moment jeden Mann.

Korff drückte das rote Hörersymbol auf dem Display.

»Scheiße.«

Sie ging zum Schrank rechts von ihrem Schreibtisch, holte eine Zigarre aus dem Humidor, die Taschen-Guillotine und das Feuerzeug aus einer der Schubladen und öffnete die Tür zum Balkon.

Dort stand unter einem Ziervorsprung in der Wand immer noch der kleine Aschenbecher. Seit beinahe drei Wochen hatte sie ihn nicht mehr benutzt.

Korff entfernte die Kappe vom Mundende mit einem geübten Schnitt. Sie betrachtete ihr Werk kritisch, hatte vielleicht einen Zehntel-Millimeter zu weit oben angesetzt, und hielt dann die Flamme des Feuerzeugs unter das andere Ende. Nach einer halben Minute des Röstens glühte der Fuß. Ein bisschen zu schnell, war die Zigarre trocken?

Korff nahm einen ersten, flachen Zug und wartete einen Moment. Mit dem zweiten Zug füllte sie ihren Mundraum, rollte den Rauch über die Zunge und blies ihn dann aus.

Ja, die Zigarre brannte eine Spur zu schnell. Sie musste sich den Humidor mal näher ansehen.

Sie wischte den Gartenstuhl aus weißem Kunststoff ab und fragte sich wieder einmal, wie wenig Stilgefühl der unbekannte Idiot sein Eigen nannte, der ein so billiges Möbel hier hin gestellt hatte. Aber natürlich setzte sie sich, denn bequem war das Ding.

Und mit ein bisschen Komfort schmeckte der zweite richtige Zug noch ein wenig besser.

So entspannend konnte keine Physiotherapie sein.

Noch ein paar Züge und sie besaß die nötige innere Ruhe, um zu entscheiden, wie man dem Angriff von Samanns Truppen morgen früh optimal begegnen konnte.


Der vermeintliche Simca wollte mir seinen richtigen Namen nicht verraten. Bis auf einen stilisierten Stier im Kühlergrill konnte ich keine Embleme entdecken.

Für den Simca, den ich im Kopf hatte, war der Wagen zu groß. Und hinten sah er aus, als hätte jemand das Heckblech eines Zweier-Capris ausgesägt und eingeschweißt.

Aber da kam gerade der stolze Besitzer mit breitem Lächeln. Einer der Söldner, ich hatte ihn Warzenwange getauft. Notgedrungen kenne ich mich mit plastischer Chirurgie ganz gut aus und konnte nicht verstehen, warum man sich so eine

Wahnsinnspustel nicht professionell von der Backe schneiden lässt. Das sollte eine ganz einfache, ambulante Operation sein. So uneitel ist niemand, also ist das sein Markenzeichen. Oder er will, dass die Leute da drauf starren, damit er Streit anfangen kann.

Okay, dafür habe ich Verständnis.

»Das ist ein Torino Cupé TSX«, sagte Warzenwange.

»Echt? Eastwood hat eine spätere Generation davon in dem Film, in dem er meinen Urgroßvater spielt.«

»Äh … nein, ja, jetzt weiß ich, was du meinst. Nein, das hier ist kein Ford. Ursprünglich ist das ein AMC Rambler, der von Pininfarina überarbeitet und von Industrias Kaiser Argentina produziert wurde. Meiner hier ist von 1977, da hieß der Hersteller schon Renault Argentina.«

»Klingt nach mehr Verwicklungen als in einer Telenovela.«

»Und ich habe noch die einfachstmögliche Version der ganzen Geschichte erzählt.«

»V8?«

»Nein, Reihensechser, 3,8 Liter. Angeblich zweihundert PS. Sehr langhubig, deshalb dreihundert Newtonmeter schon bei zweitausend Umdrehungen. Geht knapp zweihundert, macht aber keinen Spaß. Vor allem ohne gescheite Autobahn. Der ist eher dazu gedacht, mit seinem Mädchen durch die Stadt zu cruisen. Und hinterher ein lauschiges Plätzchen zu suchen. Ich heiße übrigens Horst.«

Warzenwange grinste ziemlich breit. Abgesehen von dem Ding auf seinem Gesicht sah er nicht total kacke aus, und bei anderer Gelegenheit hätte ich mich vielleicht auf einen Flirt eingelassen.

»Du gehst ja ran«, sagte ich freundlich, aber unverbindlich und klopfte mir innerlich selbst auf die Schulter. Höflichkeit ist schwer. Bringt aber die Leute zum Plaudern.

»Ja, tut mir leid, ich will nicht aufdringlich sein, aber ich meine, bei einem Mädchen wie dir ... ich weiß nicht, wie ich das sagen soll ...«

»Ein Mädchen wie ich?«

»Ja, wir haben natürlich mittlerweile alle mitbekommen, was du so drauf hast ... Die anderen sind ja eher so drauf, dass sie so ein Weibchen suchen, das am Herd steht und sich um die Kinder kümmert ...«

»... was nicht unbedingt mein Ding wäre.«

»Ja, genau, ich meine, wenn wir mal zusammen in eine Schlägerei geraten, dann stehst du doch neben mir und nicht hinter mir, oder? Ich meine, wie geil ist das denn, wenn die Mutter deiner Kinder ... äh, okay, das ist vielleicht etwas vorschnell.«

»Kein Problem.«

»Naja, ich meine, wir sind doch beide ziemlich herausragende Exemplare unserer Rasse und da sollte ...«

Er unterbrach sich, weil ein anderer Söldner näher kam. Ein Argentinier, den ich intern Steak nannte, weil er wirklich zum Anbeißen aussah.

»Horsti, mi amigo, tut mir echt leid, zu stören, aber wir haben gleich Dienst und bis zum Tor ist es weit.«

»Ich bin nicht so lahmarschig wie du, Caetano, ich kann ruhig 'ne Minute später los.«

»Alles klar. Ich habe dich gewarnt, cabron ...«, sagte das Steak mit einem Lachen und machte sich auf den Weg.

Warzenwange war anscheinend nicht entgangen, dass ich seinen Kumpel sehr interessiert gemustert hatte. Er verzog seinen Mund zu einem gemeinen Grinsen.

»Ach so, du suchst eher einen Latin Lover ... Soll ich dir was verraten? Die Argentinier sind alle kastriert.«

Ich hielt das für einen blöden Spruch; diese Meinung konnte er mir an der Mimik ablesen.

»Ja, nein, ich meine, nicht, dass man denen den Schwanz abgeschnitten hat ... aber die Leitung ist gekappt, wenn du weißt, was ich meine ... Der Oberst besteht darauf, sonst werden die hier nicht eingestellt. Natürlich nur die Gauchos. Wenn das wenigstens noch echte Spanier wären. Aber hier geht ja schon seit ein paar Generationen Unzucht mit den Indios ab. Als Ausgleich für die Operation kriegen die Bastarde einen fetten Bonus. Aber fest steht: Der kann dir keinen Braten in die Röhre schieben!«

Warzenwange ließ mich stehen und machte sich auf den Weg zum Tor.

Ich bummelte Richtung Osten, vom Parkplatz über den Rasen zum Rand des Waldes.

Aus Albrechts Sicht ziemlich klug: Er lockt die stärksten Exemplare dieser »Rasse« an, lässt sie für sich arbeiten, verhindert aber deren Fortpflanzung. Wahrscheinlich hat er für dieses Prinzip auch einen schlauen Namen gefunden, »forcierter Makro-Darwinismus« oder so.

Aber Warzenwanges fundamentaler Denkfehler lenkte mich davon ab.

Selbst, als ich den Wald durchquert hatte und am Ufer des Rio Uruguay stand, amüsierte ich mich noch darüber: Mir fehlt die Röhre.

»Er wird seine Leute aufteilen und in zwei Gruppen vorgehen. Die größere wird zum Südeingang stürmen und dort versuchen, einzudringen, während die kleinere meine Leute im Norden festnageln soll«, sagte Hauptmann Korff.

»Sollten wir dann nicht versuchen, das Tor an der Hauptstraße zu verteidigen, damit die gar nicht erst rein kommen?«, fragte Oberst Albrecht.

»Nein, er kann ja einfach an irgendeiner Stelle ein Loch in die Wand sprengen und seine Truppen da durch schicken. Unsere Grundstücksgrenze ist aber zu lang, um sie gescheit zu überwachen. Ich müsste meine Leute dann zu weit spreizen.«

Gabriel Passarella hörte aufmerksam zu, genau wie seine vierundvierzig Kameraden. Wenn auch aus anderen Gründen.

Hauptmann Korff hatte die gesamte Wachtruppe in das große Konferenzzimmer berufen, auch die fünfzehn Mann, die gerade Ausgang hatten. Sie hatte erklärt, dass Wilhelm Samann einen Angriff im Morgengrauen plante.

Aber das wusste Passarella bereits.

Schade nur, dass es bei Samann ebenfalls einen Informanten gab. Passarella hatte sich ausgemalt, dass er im Trubel des Angriffes eine Gelegenheit finden würde, Korff seinen Schwanz reinzustecken und ihr eine Kugel in den Kopf zu jagen.

Nicht unbedingt in dieser Reihenfolge.

Aber nun waren sie vorgewarnt und würden auf der Hut sein, da müsste sich seine Aktivität auf eine Kugel in Korffs Kopf beschränken, wenn überhaupt. Oder sollte er sie am Leben lassen? Und Samanns Männern zur Verfügung stellen?

Vielleicht wäre es das Beste, sich einfach aus allem raus zu halten und in der Kantine ein Quilmes zu trinken. Ein auf ironische Weise standesgemäßes Getränk, schließlich war die Brauerei von einem deutschen Einwanderer gegründet worden.

Ja, das war ein guter Plan. Sollten die Idioten sich alle gegenseitig umbringen. Er würde von Samann die versprochene Million Pesos kassieren und dann verschwinden. Und das geht viel besser, wenn man noch lebt.


Das letzte Mal, dass ich einen Lötkolben in der Hand hatte, war eine Weile her. Gut, ich wusste noch, welches Ende heiß wird, aber ich hatte vergessen, was für eine frustrierende Fummelei das ist. Vor allem, wenn man nur eine dicke Lötspitze zur Verfügung hat, damit aber sehr feine Drähte an winzige Punkte löten will.

Das hier war Nummer Fünf. Nicht Johnny Nummer Fünf, sondern der letzte Zünder aus Korffs Vorrat, verbunden mit einem antiken Nokia-Handy, das ich in der örtlichen Pfandleihe für hundert Pesos gekauft hatte, zusammen mit drei identischen Brüdern.

Ich hatte eine gewisse Schwäche für die alten Nokia-Briketts. Schlicht gestrickt und unzerstörbar. Wie ich.

Und ja, vier Handys, fünf Zünder. Nummer Eins löste aus, wenn ein Plastikstück aus zwei Kontakt-klemmen gezogen wurde. Nicht sehr raffiniert, aber effektiv.

Ich schaltete das Telefon ein, der Zünder zündete nicht. Gut so, das sollte er auch erst bei einem Anruf.

Aber hätte ja sein können. Blieb nur zu hoffen, dass der Akku bis morgen hielt.

Ungefähr zweieinhalb Kilo Sprengstoff stand mir zur Verfügung, also ein Pfund für jeden Zünder.

Aus dem Eisenwarenladen stammten die Rohr-stücke mit Endkappen, dazu drei Pakete mit je fünfhundert Schrauben 3,5 x 25 … Zutaten waren also alle da, ich musste die Bomben nur noch bauen.

Korff hatte anscheinend die Stiefel mit den extra lauten Sohlen angezogen. Oder mit Absicht so getrampelt, damit ich nicht erschrecke.

Nicht, dass ich erschrecke. Aber ich mochte ihre professionelle Rücksicht.

»Und? Wie sieht es aus?«, fragte sie.

»Gleich fertig, Ilsa.«

»Mir wäre schon recht, wenn Sie mich Hauptmann Korff nennen.«

Und nach einer Pause: »Zumindest vor Dritten. Wenn wir unter uns sind: Ich heiße Marlies.«

»Schön für dich, Ilsa.«

Ich hörte sie ein bisschen lauter ausatmen als sonst und überlegte einen Moment. Vielleicht hatte sie beschlossen, ihren Kurs mir gegenüber zu ändern? Wollte freundlich sein, als sie mir ihren Vornamen verriet? Wahrscheinlich nicht direkt die ganz große Frauenfreundschaft, mit gemeinsamen RomCom-Marathons und Prosecco-Saufen. Aber ein kleines, unausgesprochenes Bündnis im Krieg der Geschlechter, oder so.

Ob es eine gute Idee wäre, ihr etwas entgegen zu kommen? Vertrautheit erzeugen? Ich versuchte es.

»Soll ich dir mal was Unglaubliches verraten, Ilsa? Vasquez ist John Connors Pflegemutter!«

Mir war nicht klar, ob Korff mich so groß ansah, weil sie dieses Faktoid ebenso faszinierend fand wie ich, oder ob sie es nicht verstand.

»Aha. Gut, ich habe noch was vor.«

Sie drehte sich um und ging weg.

Sah so aus, als hätte ich keinen Erfolg gehabt. Ich bin halt nicht so gut bei solchen Sachen. Aber ich wollte nicht so leicht aufgeben.

»Google mal, was die heute macht!«, rief ich ihr hinterher.


»Herein!«

Die Tür öffnete sich, Hauptmann Korff trat ein.

Noch bevor Passarella etwas sagen konnte, hatte Korff ihm mit der Luger in die Kniescheibe geschossen.

Er schrie kurz auf, biss aber die Zähne zusammen und langte nach der Glock, die in ihrem Halfter auf dem Tisch lag.

Korff steckte die Luger ein, zog die Machete aus der Scheide und hieb auf Passarellas Hand, trennte sie beinahe durch.

Dann rammte sie die Klinge in sein Herz.

Passarella starb dreiundfünfzig Sekunden lang.

Erst versuchte er, das Messer mit der linken Hand aus der Brust zu ziehen, aber Korff drückte auf das Heft. Er schlug nach ihr, aber sie wich aus.

Erstaunlich schnell, dafür, dass sie solche Riesentitten hatte, dachte er noch.

Sie zog wieder die Luger aus dem Halfter und schoss ihm in die linke Schulter.

Er musste raus, abhauen. Er stand auf, stieß Korff beiseite, merkte nicht, dass sie ihm ausgewichen war, setzte einen Fuß vor den anderen, erst langsam, dann schneller, und erreichte den Flur.

Da hinten war der Ausgang, fünfzehn Schritte.

Fünf davon schaffte er am Stück, dann musste er sich an einem der Türrahmen abstützen.

Hinter sich hörte er die Absätze von Korffs Stiefeln auf dem Parkett. Er versuchte wieder, die Machete aus seinem Körper zu ziehen, aber das Heft war so blutig wie seine rechte Hand, zu nass, zu glatt. Mit der linken ging es ein bisschen besser, trotz der kaputten Schulter.

Aber da war ein Widerstand, als ob die Machete in seinen Körper drängte. Passarella drehte sich um und sah Korff, die an dem Stück Klinge zog, das aus seinem Rücken ragte.

Er stolperte. Versuchte, sich mit den Händen aufzustützen. Aber die Schmerzen ... Er suchte mit der Rechten eine Position, die ihm nicht tausend Nadeln durch den Arm ins Hirn jagten.

Bis seine Hand auf dem blutverschmierten Boden keinen Halt mehr fand und er zusammenbrach.

So war es eigentlich viel bequemer. Sogar ziemlich entspannend.

Die Schmerzen ließen nach.

Er fühlte Druck auf seinen Rippen und sah nach unten.

Korffs Stiefel. Sie drehte ihn mit einem Stoß auf den Rücken, damit sie ihm beim Sterben zuschauen konnte.

Aber das war in Ordnung.

»Ich fand Ihre Titten immer spektakulär, Hauptmann«, sagte er, fest entschlossen, einen coolen Abgang hinzulegen.

Statt dieses Satzes hörte er nur ein Gurgeln, weil seine Lunge nur noch Blut durch die Luftröhre an den Stimmbändern vorbei förderte.

Schade.

Jetzt wurde es auch noch kalt.

Und dunkel.


Das letzte, beinahe epileptische Aufbäumen Passarellas hatte vor einer halben Minute aufgehört.

Korff zog ihr Telefon aus der Jacke.

»Feldwebel, ich habe in Gang Zwölf die Leiche eines Verräters zu entsorgen, schicken Sie mir eine Gruppe. Und um fünfzehn Uhr versammeln sich alle nochmal im Konferenzraum.«


»Vergessen Sie alles, was Hauptmann Korff vorhin über unsere Taktik gesagt hat. Sie werden bemerkt haben, dass einer Ihrer Kameraden nicht anwesend ist. Gabriel Passarella stand schon länger im Verdacht, Interna an unseren Kontrahenten zu übermitteln. Deshalb mussten wir ein kleines Schauspiel inszenieren. Passarella hat vor einer Stunde seine Informationen an seinen Herren weitergegeben und wurde danach zum Schweigen gebracht.«

Albrecht gab den Männern Gelegenheit, Passarella zu verfluchen.

»Tod durch Snu-Snu?«, flüsterte jemand und es klang, als ob eine tollwütige Ratte im Inneren einer Kuhglocke gefangen wäre. Ein paar der Männer lachten leise, aber Albrecht ignorierte den Einwurf und fuhr fort.

»Samanns Männer sind uns um den Faktor vier überlegen, dazu die beiden Hubschrauber ... Wir gehen davon aus, dass Samann auf Passarellas Informationen reagieren wird; es bleiben ihm nur wenige taktische Alternativen. Sein Überraschungsmoment ist also perdu, das ist unser erster Vorteil. Der zweite Vorteil ist das Gelände; ich glaube, mit Hauptmann Korffs Planung werden wir diesen Vorteil optimal nutzen. Und dann haben wir noch eine Geheimwaffe.«

Albrecht wies auf die schlanke, junge Frau, die inmitten seiner Männer saß und nun in die Runde grinste und winkte.

»Hallo, ich bin Alina, Sternzeichen Fische, ich mag romantische Spaziergänge bei Vollmond und vollautomatische Schrotflinten.«

»Einige von Ihnen hatten schon Kontakt mit ihr, wenn ich so sagen darf, und können ihre Kompetenz bezeugen. Freunde in Europa haben mir Erstaunliches berichtet; wir hegen große Erwartungen.«

Kowalski kniff übertrieben ein Auge zu und zeigte einen Hochdaumen.

»Gut. Also, wir wollen so vorgehen ...«

## 3

Der Angriff auf Helm's Gate begann um 6:12, als die Orks nach Überquerung des Rio Uruguay den Fuß auf das Albrecht'sche Ufer setzten. Wenn ich jetzt einen Schuss zu hören bekäme, hätte einer unserer Bogenschützen die Nerven verloren und der ganze schöne Plan wäre hin.

Ich würde mich dann unauffällig vom Acker machen und später schauen, was übrig war.

Aber es blieb still, Sarumans Armeen schlichen sich ungestört an uns heran.

Während zwanzig von uns, die sich in Erdlöchern zwischen den Bäumen versteckt hatten, an ihren hinteren Flanken mit schlichen.

Ich stand auf dem Dach der Residenz, Mitte der östlichen Seite, und stellte mir vor, wie sie durch den Wald trampelten. Am liebsten wäre ich runter und gegen sie alle angetreten, aber da waren ja noch die beiden Drachen.

Die kamen fast gleichzeitig, einer links, einer rechts.

Ich schnappte mir den LAW, zog den Pin raus, *snikt*, der hintere Deckel klappte herunter, *blab*. Der Gurt steht damit nicht mehr unter Spannung und gibt den vorderen Deckel frei, den man einfach abstreifen kann, *plopp*. Dann zieht man die beiden Rohre auseinander, *skriieetsch*, das Visier klappt automatisch hoch, *klack*. Vor dem Abzug sitzt die Sicherung, die muss nach vorn gezogen werden, nochmal *klack*.

Ganz einfach, ich brauchte drei Sekunden. Ich hatte es ja nicht eilig.

Die Hubschrauber kamen näher.

Bei vielleicht zweihundert Metern Abstand legten die beiden Jungs in den Türmen an der Ostseite mit ihren Brownings los, aber diese Biester haben einen eigenen Willen, Leuchtspurmunition fehlte – also flog das ganze Blei ungebremst bis nach Uruguay.

Egal, unsere Geschütztürme dienten eh nur dazu, die Drachen anzulocken. An den Brownings standen die beiden Typen, die ich vor ein paar Tagen verletzt hatte. Korff hatte ihnen gesagt, dass sie trotz ihres Formtiefs eine wichtige Rolle spielen würden. Und das lag nur knapp neben der Wahrheit.

Der M500 legte zuerst los, wie erwartet mit der Minigun, und perforierte den nördlichen Turm in zweieinhalb Sekunden.

Eigentlich wollte ich den mit dem LAW vom Himmel holen, aber es gab eine böse Überraschung: An den Slick hatten sie Raketenwerfer geschraubt.

Der Huey spie zwei Rauchpfeile zum südlichen Geschützturm und atomisierte unsere MG-Stellung. Obwohl ich gut fünfzig Meter von den Einschlägen entfernt war, flogen mir die Brocken um die Ohren. Genauer gesagt schlugen sie in einen der Kamine, hinter den ich mich gekauert hatte.

Okay, das war kacke.


Der leichte Schützenpanzer füllte die Optik komplett, Hauptmann Korff setzte ihr Fernglas ab.

Ein EE-3 Jararaca. Vier Räder, alle angetrieben von einem Motor, der sonst in Mercedes-Benz-Traktoren steckte. Entwickelt und gebaut in

Brasilien, im Dienst in der Armee Uruguays, dort wahrscheinlich aus den Listen verschwunden, weil sich ein paar Leute einen Haufen Geld in die Tasche stecken durften.

Wenn das alles hier vorbei war und sie noch lebte, musste Korff sich mal für Samanns Quellen interessieren.

Noch hundert Meter, dann würde der EE-3 das Tor durchbrechen und den zwanzig Söldnern, die geduckt in seiner Deckung trabten, den Weg zur Residenz öffnen.

Der Schütze im Inneren schwenkte das 12,7-mm-Maschinengewehr auf der Oberseite des Panzers und versuchte, durch eines der drei Periskope potenzielle Ziele zu erspähen.

Korff und fünf ihrer Männer lagen hinter dicken Stahlschränken, die man aus den Laboren gekarrt und neben der Zufahrt in großen Abständen verteilt hatte. Feuerfest und erdbebensicher; sollten sie auch sein, wenn man tödliche Viren darin aufbewahrt. Ein paar Probeschüsse hatten gezeigt, dass diese Dinger sogar ein .50-Projektil aufhalten konnten.

Noch wenige Meter, dann würde sich erstmal zeigen, was Kowalskis Heimwerkerei taugte.


Üblicherweise bekamen die Slicks an jede Seite eine Packung mit je sieben Raketen gesteckt. Die mussten paarweise abgefeuert werden, weil der Rückstoß den Heli sonst um die Gierachse rotiert. Also konnte unser Freund hier noch sechs Mal Los Géminis Dynamitos auf die Reise schicken.

Ich sollte das besser verhindern. Und weil ich eine große Freundin davon bin, den Leuten das eigene

Zäpfchen in den Hintern zu schieben, feuerte ich meinen Einweg-Raketenwerfer nicht auf den M500 ab, sondern auf den Huey.

Ich traf ihn mitten in die Stirn, sozusagen, nämlich im oberen Drittel der Kanzel. Nicht, dass es da auf Finesse ankam, der Sprengkopf kann bis zu zwanzig Zentimeter Stahl durchdringen. Da hat so ein Hubschrauberrumpf nicht viel zu melden. Kurz: Feuerball am Himmel, Trümmerregen.

Der M500-Pilot sah, was ich mit seinem Kumpel angestellt hatte, und drehte das Killer-Ei in meine Richtung.

Natürlich drückte er dabei schon auf den Feuerknopf und mähte die Balustrade nieder.


Der EE-3 verringerte seine Geschwindigkeit, vier Männer überholten ihn.

Sie verschwanden hinter der Mauer, wenige Sekunden später fielen Handgranaten über die Mauerkrone und explodierten, ohne mehr als den Rasen zu beschädigen.

Dann spähten die Söldner um die Torpfosten. Keine Feinde zu sehen, sie winkten dem Jararaca.

Das gepanzerte Fahrzeug beschleunigte wieder und rammte das Tor.

Die linke Hälfte des Gitters gab zuerst nach und flog aus den Angeln. Die rechte Hälfte bog sich nach unten statt zur Seite, aber dann rutschte das obere Scharnier von der Angel, das untere folgte, der Jararaca schob den Torflügel vor sich her.

Ein halber Meter Draht, der unten an einen der Gitterstäbe geknotet war, spannte sich und riss ein

Stück Plastik mit, das zwischen zwei metallenen Laschen geklemmt hatte.

Neun Volt flossen aus einer Batterie in einen Glühdraht, zwei Gramm Hexamethylentriperoxiddiamin erhitzten sich und explodierten, der entstandene Druck wiederum brachte zweihundertsechsunddreißig Gramm Semtex-H zur Explosion.

Korff bezweifelte, dass die schwache Ladung der Panzerung des Jararaca gefährlich werden konnte.

Aber etliche der Schrauben, die Kowalski um den Sprengstoff gepackt hatte, löcherten die vorderen Reifen des stählernen Fahrzeugs und ließen die Luft schlagartig entweichen.

Und: Drei der vier Handgranatenwerfer griffen sich an die Waden, zwei sackten zu Boden. Ihre Kameraden eilten herbei und zogen die Verletzten hinter die schützende Mauer.

Korff hörte über den Motorenlärm das Zischen eines Kompressors, der linke Reifen blähte sich einen Moment lang wieder auf, aber das Dichtmittel reichte anscheinend nicht aus.

Der Jararaca schlich im Schritttempo weiter.

Das pluppernde Walkgeräusch hätte Korff vielleicht amüsiert, wenn es nicht nach einer Sekunde vom Rattern des MGs übertönt worden wäre.

Links von ihr schlugen die Kugeln in einen der Stahlschränke. Sie gab Brandstetter, der dahinter kauerte, ein Zeichen, sich nicht zu rühren. Aber der Idiot sprang auf und rannte davon.

Er kam keine fünf Meter weit, bevor ihn das MG-Feuer niederstreckte.

Und dann trommelten die Kugeln auf den Stahl vor Korffs Nase.

Hier ist das Geheimnis beim Kampf Mädchen gegen Minigun: Ruhig bleiben.

So wendig der M500 auch ist, ein bisschen Zeit braucht er für einen Schwenk um 45 Grad.

Die leere Hülle des LAW hatte ich direkt nach dem Feuern beiseite geworfen und mir stattdessen das Scharfschützengewehr geschnappt.

Ich drückte es an meine Schulter und sah durch das Visier. Ein bisschen unscharf, der M500 war näher gekommen, als ich vermutet hatte.

Ich atmete einmal ein, einmal aus, wieder ein und hielt die Luft an.

Da war der Kopf des Piloten. Er schaute mich an, mit ziemlich großen Augen. Eine neue Erfahrung für ihn, dass jemand nicht vor dem Kugelhagel flüchtete. Seine Nase zeigte in meine Richtung, sein Oberkörper noch nicht ganz.

Die Balustrade verwandelte sich unter der Einwirkung von 50 fliegenden Meißeln pro Sekunde in Staub.

Und diese Staubwolke war noch vier Meter von mir entfernt.


Das Dröhnen war nur schwer zu ertragen, kein Wunder, dass Brandstetter die Nerven verloren hatte.

Korff zwang sich zur Ruhe, dachte an die Zigarre danach und blickte nach rechts, wo Hofmeister aus seinem AUG gezielte Drei-Schuss-Salven in Richtung des Tores feuerte. Den Moment des Nachladens nutzte er, Korff zuzunicken. Als ob sie die Situation unter Kontrolle hätten.

Hinter den anderen Stahlschränken ragten ebenfalls feuerspuckende Läufe hervor.

Die Einschläge in Korffs Deckung hörten auf, Hofmeisters Schutz diente dem feindlichen Schützen als nächstes Ziel. Der Söldner machte große Augen, aber Korff war unverletzt, also konnte er die Panik erfolgreich unterdrücken. Und natürlich wollte er sich nicht vor einer Frau blamieren.

Korff riskierte einen kurzen Blick, legte ihr Sturmgewehr an und tötete einen Gegner, der rechts am Jararaca vorbei spähte. Dann zielte sie sorgfältig auf das Maschinengewehr und war sicher, getroffen zu haben, aber das Dauerfeuer stoppte nicht.

Die Gegner waren nicht alle dumm genug, ins offene Feuer zu laufen. Früher oder später, vielleicht sogar schon in diesem Moment, würden sie die Mauer an einer anderen Stelle überwinden. Dann konnten sie Korff und ihre Männer von einer oder zwei Seiten attackieren, während die durch den verdammten Panzer festgenagelt waren.

So konnte das nicht weitergehen.


Ich schoss.

Meine Kugel durchschlug die Kanzel und den rechten Wangenknochen des Piloten. Vielleicht tötete sie ihn nicht sofort, aber sie lenkte ihn davon ab, sich aufs Fliegen zu konzentrieren. Und davon, den Bleiregen fortzusetzen.

Das Killer-Ei machte eine Pirouette, hielt sich aber noch auf Höhe.

Ich zog den Verschlusshebel des SSG 69 zurück und ließ ihn wieder nach vorne gleiten, eine neue Kugel steckte im Lauf.

Eigentlich konnte ich mich darauf verlassen, dass der Copilot die Mühle nicht mehr in den Griff bekam, aber die Herausforderung lockte. Ich korrigierte die Optik und folgte den erratischen Bewegungen der Rotorwelle.

Einatmen, ausatmen, einatmen, Luft anhalten, Finger krümmen.

Treffer.

Der Rotor begann zu eiern, ich sprang in Deckung, eine halbe Sekunde später pfiffen die Blätter über meinen Kopf hinweg und landeten in der großen Antenne. Im Film wäre die jetzt auf mich zu gekippt, und ich hätte mich mit einem weiteren, dramatischen Hechtsprung in Sicherheit bringen müssen, wobei das Stahlgerüst mich nur um Zentimeter – Quatsch: Millimeter! – verfehlt hätte.

Aber so spektakulär war es dann leider doch nicht. Das Ding knickte einfach nach links und schlug mit großem Scheppern auf dem Dach auf.

Ich lief zum Rest der Balustrade: Das Killer-Ei war hart gelandet, logisch. Der Copilot lebte noch ein bisschen und wollte sich aus der zerbrochenen Schale ziehen, aber einem der Söldner hinter den Fenstern im Erdgeschoss gefiel das nicht.

Der Slick brannte hundert Meter weiter vor sich hin und schwärzte einen Nissan Micra. Einen Micra der dritten Generation, also kein Verlust.

So weit, so gut.

Das sollte den Eifer der Ork-Horden, die nun den Parkplatz stürmten, ein wenig dämpfen.


Die Salven des MG prasselten jetzt auf den Schrank ganz rechts ein, Chaveros Deckung. Der Argentinier zündete sich eine Zigarette an. Normalerweise würde Korff ihn deshalb später tadeln, aber sie wusste, er musste den coolen Hund geben, um sich selber Mut zu machen.

Außerdem würde die Besatzung des Panzers die Rauchwolken sehen, nein, das Schlitzohr produzierte sogar Rauchringe, sich gedemütigt fühlen und sich dem psychologisch überlegenen Gegner ergeben.

Träum weiter, dachte Korff und linste wieder um die Ecke ihrer Deckung.

Alles frei, jetzt oder nie.

Sie sprang auf und sprintete nach links, das AUG auf die Einfahrt gerichtet. Tatsächlich tauchte kurz ein behelmtes Gesicht auf, aber der Gegner wurde von Korffs Männern unter Feuer genommen und zog sich wieder hinter die Mauer zurück.

Korff erreichte die Mauer ungefähr zwanzig Meter vom Tor entfernt. Sie lief weiter, bis sie nach fünfzig Metern an die Stelle kam, die gestern markiert worden war.

Etwa in Brusthöhe zog sie die losen Ziegel heraus, holte einen kleinen Spiegel aus ihrer Oberschenkeltasche und schob ihn vorsichtig durch das Loch in der Mauer.

Am Tor gestikulierte einer der Gegner in ihre Richtung. Wahrscheinlich der, der sie hatte laufen sehen.

Es würde nur noch Sekunden dauern, bis er seine Kameraden oder seinen Vorgesetzten überzeugt hatte, dass hinter dem Steinwall Dinge passierten, die man besser verhindern sollte.

Korff ließ den Spiegel fallen, trat ein paar Schritte zurück und sprang mit Anlauf die Mauer hoch. Ihr linker Fuß traf das Guckloch, ihre Hände bekamen die Mauerkrone zu fassen.

Als sie sich mühsam hochzog, schwor sie sich wieder, endlich die Brustverkleinerung durchführen zu lassen, die sie schon seit ihrer Jugend vor sich herschob.

»Vor sich herschob« ... Korff konnte wegen ihrer zusammengepressten Lippen nicht grinsen.

Gerade, als sie sich über die Krone stemmte, schrie jemand »Ahí está ella!«


Eigentlich stürmten die Orks nicht den Parkplatz, vielmehr schlichen sie sich geduckt heran.

Aber es gab nicht genug Deckung für hundertfünfzig Söldner, einem großen Teil von denen blieb nichts anderes übrig, als ein möglichst kleines Ziel abzugeben. Ein paar robbten sogar.

Was ziemlich schlau ist, wenn man mit einem Gegner kämpft, der ungefähr in gleicher Höhe steht. Der sieht dann nur Kopf und Schultern.

Vom Dach allerdings konnte ich mir aussuchen, wo ich meine Treffer platzieren wollte.

Ich bin für Kopfschüsse, wo möglich; saubere Sache. Aber hier galt es, Übermacht durch Gemeinheit auszugleichen.

Also bekam der erste eine Kugel in den Rücken. Seine Schreie konnte ich noch durch meine Ohrstöpsel hören.

Mein zweiter Schuss traf ein Arschloch. Gut, vielleicht nicht direkt, aber eine Arschbacke hatte ich auf jeden Fall erwischt. Der Kerl lag mir etwas zu still da, hatte sich nur an den Hintern gefasst, also spendierte ich noch einen für die Leber.

Jetzt schrie auch er.

Ich konnte noch drei Mann lahmlegen, dann hatten die anderen geschnallt, woher die Schüsse kamen und feuerten in meine Richtung.

Von der Balustrade war nicht mehr viel übrig, was mir Schutz geboten hätte, aber ich musste nur ein paar Meter nach hinten gehen, um außerhalb der Schusswinkel in Sicherheit zu sein.


Noch während Korff sich von der Mauer fallen ließ, gab sie eine ungezielte Salve in Richtung Tor ab, nur um die Gegner in Deckung zu zwingen. Sie rollte sich in den Graben und legte das AUG an. Zwei Männer hatten zu langsam reagiert, vielleicht standen sie auch so unglücklich, dass Deckung vor Korffs Schüssen sie in das Feuer von der Residenz gezwungen hätte.

So oder so, die beiden gingen zu Boden und rührten sich nicht mehr.

Korff reckte den Kopf ein bisschen höher. Sie zählte nur noch drei Paar Stiefel hinter dem Jararaca und schoss in jeden einzelnen. Als die Männer zu Boden gingen, leerte sie den Rest ihres Magazins Schuss für Schuss in die Körper.

Vielleicht konnte einer von denen noch eine Warnung über Funk loswerden, vielleicht merkte der Fahrer des Schützenpanzers instinktiv, was geschah. So oder so, er setzte zurück, bis das MG auf Korffs Seite der Mauer war.

Es drehte sich zu ihr.

Korffs einzige Chance bestand darin, auf den Jararaca zu zulaufen, um unmittelbar daneben im toten Winkel Deckung vor den Kugeln des Maschinengewehrs zu finden.

Sie würde es nicht schaffen, das war der Haken. Fünfzig Meter in fünf Sekunden stellen für einen Leichtathleten im Stadion kein Problem dar, aber für eine – wenn auch gut trainierte – Frau in Kampfanzug, über unbefestigten Boden ...

Mein Job hier oben war erledigt.

Ich hörte die Explosionen vom Parkplatz, als ich zum östlichen Rand des Daches lief und dann die Schreie der Orks. Generell ist es keine gute Idee, hinter Autos Deckung zu suchen. Und schon gar nicht, wenn darin Bomben liegen, die per Telefon gezündet werden können.

Meine temporären Kameraden waren wohl der Meinung, dass sich genug Gegner hinter den Autos tummelten und sich ein Anruf lohnte.

Ich sah mir die Situation am Tor durch mein Zielfernrohr an. Samann hatte ein kleines AFV am Start. Nicht schlecht. Meine Bombe hatte ihm die Reifen zerfetzt, aber er nahm die Leutchen hinter den Stahlwürfeln unter Beschuss.

Dass das kein Zustand war, der lange halten würde, hatte anscheinend auch Korff erkannt: Sie rannte zur Mauer. Überraschend flott. Ein Blick auf die andere Seite, genau, und dann Action. Junge, Junge, ganz schon fit.

Für einen günstigeren Winkel ging ich zum südlichen Ende des Dachs. Gerade rechtzeitig, denn das AFV setzte zurück. Garantiert, um Korff mit dem MG fertig zu machen.

Das gönnte ich ihm nicht.

Ich legte das SSG 69 auf der Balustrade auf, bei dieser Entfernung brauchte ich stabilen Halt.

Einatmen, ausatmen, einatmen, Luft anhalten, Finger krümmen.

Ganz einfach.

Meine Kugel traf den Auswurf des Maschinengewehrs. Ein ziemlich guter Schuss, wenn ich das mal ganz unbescheiden sagen darf.

Ob ich jetzt eine Hülse im Auswurf blockierte oder meine Kugel das Metall der Mechanik verbog, konnte ich nicht sagen, aber für den Effekt machte das keinen Unterschied: Ladehemmung, Schluss mit lustig.

Ich ließ das Gewehr fallen und machte mich auf den Weg nach unten.


Die Schüsse hörten auf.

Korff starrte ungläubig auf den Lauf des Maschinengewehrs, dessen aufsteigende Hitzewellen die Wolken am Himmel wabern ließen.

Keine Zeit für dummes Gucken, sie rannte weiter, nur um sicher zu sein. Vielleicht war gerade ein Munitionsgurt durchgelaufen und der Schütze legte schon einen neuen ein.

Noch während des Laufens feuerte sie auf das linke Hinterrad des EE-3. Die Luft entwich, der Jararaca hatte damit drei Plattfüße.

Der Fahrer setzte weiter und weiter zurück, bremste nicht mehr.

Er machte sich aus dem Staub.

Zwei der verwundeten Gegner stöhnten leise, Korff tötete sie mit sorgfältig gezielten Schüssen.

»Ich komme durchs Tor!«, rief sie dann, wartete auf Bestätigung und ging wieder auf das Grundstück.

Korff grinste ihre Männer an.

Sie hatten einen verschissenen Panzer vertrieben.

»Nicht schlecht, Jungs. Chavero, Hofmeister, Sie bleiben hier. Falls der Schrotthaufen zurück kommt. Chavero, wenn ich sie morgen während der Dienstzeit mit einer Kippe erwische, gibt's einen Arschtritt.«

Der Argentinier grinste breit und machte sich mit seinem Kameraden auf den Weg zum Tor. Korff hörte noch das Klicken seines Zippos.

»Sie beide kommen mit mir. Alles in Ordnung?«

»Ja, Hauptmann. Uns dröhnt nur der Schädel.«

»Mir auch. Aber er sitzt noch auf dem Hals, also kann's weiter gehen. Ab in die Residenz, ich will erstmal wissen, wie die Lage dort ist.«


Der Typ neben mir hatte richtig Spaß.

Ich nicht.

Er feuerte eine Salve nach der anderen in Richtung Parkplatz und mit jeder erwischte er einen Gegner.

Samanns Männer wurden gerade aufgerieben. Sie standen nahezu ungedeckt auf dem Parkplatz, ein paar Meter unterhalb der Residenz.

Von vorne hagelte es Blei aus den Fenstern im Erdgeschoss und der ersten Etage, von hinten wurden sie aus dem Wald heraus beschossen.

Ich verteilte zwei oder drei Kopfschüsse, ließ es dann aber bleiben.

Das hier war was für Leute, die als Kind mit Haarspray und Feuerzeug Ameisenhaufen abge-fackelt haben, aber keine zukünftige Anekdote, mit der man in geselliger Runde seine Kollegen amüsieren konnte.

Weil ich hier aber nicht in der Bibliothek stand und mir die Zeit mit einem guten Buch hätte vertreiben können, kam mir der Gedanke, jetzt schon positiv auf meine späteren Überlebenschancen einzuwirken.

Zwei von Albrechts Männern schlichen nicht sehr geschickt durch den Wald hinterm Parkplatz. Eigentlich ungerecht, dass Samanns Söldner sie noch nicht erwischt hatten. Ich korrigierte das mit einem Lungenschuss und einem in die Hüfte.

Samanns Truppen benutzten zwar M4s statt AUGs, aber da die auch 5.56 NATO verschossen, würde mein kleines Friendly Fire nicht auffliegen, wenn man später die Verletzten versorgte.

Dann wechselte ich geduckt zur anderen Seite des Fensters und schubste mit dem Hintern und einem »Hoppla, 'tschuldigung!« meinen Zimmergenossen aus der Deckung. Er wollte durchstarten und dort hinter der Mauer verschwinden, wo ich eben gestanden hatte, aber ich hielt ihn fest.

»Komm besser hier rüber«, sagte ich in gespielter Sorge.

Er zögerte einen Moment, dann kam er tatsächlich auf mich zu.

Mittlerweile hielt er sich schon drei Sekunden völlig ungeschützt in der Fensteröffnung auf. Was waren das für Dilettanten da draußen?

Gerade, als er einen halben Schritt von mir entfernt war, schubste ich ihn wieder zurück, diesmal mit den Händen.

Bis dahin war er arglos und hatte mich für einen Klotzkopf gehalten, aber jetzt machte sich auf seinem Gesicht Erkenntnis breit. Vor allem, weil der Lauf meines AUG auf seinen Kopf zeigte.

Er wollte gerade ansetzen, irgendwas zu sagen, wahrscheinlich wollte er mir ein Kompliment machen, dass sich meine Figur sogar im Kampfanzug sehen lassen kann oder so, da traf ihn endlich eine Kugel.

Hatte ja auch echt lang genug gedauert.

Ich hockte mich neben ihn, befreite ihn von den Waffen und hielt seine Hand, während sein Herz noch zwei Minuten lang Blut aus Ein- und Austrittswunde pumpte.

Korff drückte ab, der Mann stürzte und hielt sich den Oberschenkel.

Er hatte versucht, sich rechts in die Büsche zu schlagen und beinahe Erfolg gehabt.

Korff befahl, ihn zu entwaffnen und zu den drei Dutzend anderen Gefangenen zu schleifen, die man in der Mitte des Parkplatzes zusammen getrieben hatte.

Sie stand genau zwischen den beiden Hubschrauberwracks, neben einem zerfetzten Auto. Viertel vor sieben, ein milder Wind kam auf, trieb Rauchschwaden quer über den Platz und über die rund hundertzwanzig toten Gegner, die sich bemerkenswert gleichmäßig auf dem Pflaster verteilten.

Vierzehn oder fünfzehn Leichen lagen noch am Eingang, zwei Piloten in dem kleinen Hubschrauber. Mindestens zwei in dem großen, so genau konnte man das nicht mehr sagen.

Eine genaue Zählung würde noch erfolgen, aber Samann hatte heute wenigstens 160 Männer verloren.

Korffs Truppe hatte ebenfalls Verluste erlitten: Sieben Tote, zwölf Verletzte. Der Gedanke, dass es noch viel schlimmer hätte ausgehen können, spendete wenig Trost.

Korff inspizierte die Gefangenen, sortierte zehn Leichtverletzte aus und ließ sie in die Kellerverliese bringen.

Kowalski gesellte sich zu ihr.

»Gefangene machen nur Ärger. Und sind gefährlich«, sagte sie.

»Ich weiß«, antwortete Korff.

War klar, was jetzt kommen würde.

Ich steckte mir die Stöpsel wieder in die Ohren.

Eine Sekunde später gab Korff das Kommando, ihre Männer erschossen die Gefangenen.

Korff sah mich an.

»Das sind die, die Glück gehabt haben«, sagte sie und deutete auf den Haufen Tote.

»Aha«, sagte ich und war unsicher, wen sie dann für unglücklich hielt. Uns, und speziell sich selbst? Weil das Leben allgemein kacke war und die Toten es hinter sich hatten?

Aber dann verstand ich, dass sie das Trüppchen meinte, das gerade Richtung Westeingang getrieben wurde.

Man konnte auch mit untrainierter Vorstellungskraft darauf kommen, dass die als Versuchskaninchen für die riskanteren pharmazeutischen Experimente herhalten mussten.

Wahrscheinlich nicht sehr unterhaltsam.

»Was ist mit Samann? Sollte man den jetzt nicht besuchen?«, fragte ich.

»Die Gelegenheit wäre günstig, ja. Aber er hat immer noch zwanzig oder dreißig Leute, die werden sich jetzt verbarrikadieren. Für mich steht momentan der Schutz der Residenz an oberster Stelle.«

»Apropos Oberst ...«

Albrechts Mercedes G hielt am Rande des Parkplatzes, der Hausherr suchte sich einen Weg durch die Kadaver und gesellte sich schließlich zu uns.

»Gute Güte, hier sieht es aus wie im Krieg!«

»Das war einer«, stellte ich fest. »Zumindest eine Schlacht.«

»Frau Kowalski schlägt vor, einen Angriff auf Samann durchzuführen.«

»Auf keinen Fall. Es sei denn ...« Albrecht sah mich fragend an.

»Ja, ich bin sowieso kein großer Teamplayer. Und wenn ich alleine unterwegs bin, muss ich auch nicht auf irgendwen warten.«

»Sehr gut! Korff, stellen Sie fest, was mit Aymar los ist. Wenn er sich nicht verdächtig macht, soll er in Samanns Nähe bleiben, dann kann er Frau Kowalski in Empfang nehmen.«

Albrecht wandte sich wieder an mich. »Juan Aymar ist einer von Samanns Sekretären und mein wichtigster Spion.«


Juan Aymar war einer von Samanns Sekretären, Albrechts wichtigster Spion, und jetzt zierte ein kleiner roter Fleck seine Stirn, ein großer roter Fleck die Wand hinter seinem Kopf.

Schließlich wollte ich ungestört mit Samann reden, schon gar nicht in Gegenwart von jemandem, der Albrecht brühwarm den Inhalt dieses Plausches servieren würde.

Laut Aymar hatte sich mein zukünftiger Gesprächspartner mit seinen letzten vier Männern im nächsten Raum verschanzt.

Ich ging davon aus, dass die Jungs einigermaßen angespannt sein sollten, nachdem im Laufe des Abends zuerst ein gutes Dutzend ihrer Kumpel auf verschiedene lautlose, aber malerische Arten den Tod fand, dann das große Schießen und Schreien startete und sich Samanns Villa in einen Großauftrag für Lorkowski Family Cleaning verwandelte.

Für einen kleinen Test, wie nervös die tatsächlich waren, schnappte ich mir vom nächstbesten Ziertisch die Polyresinskulptur eines edlen, aber nur zwanzig Zentimeter großen Hirsches und warf sie gegen die Tür zu besagtem Raum.

Wildes Geballer, Löcher in der Tür, Einschläge in der Wand gegenüber.

Im Kopf zog ich Linien von den Einschlägen (A) zu den Löchern (B), verlängerte sie in den Raum, und gab je drei Schüsse auf die vier Punkte (C) ab, an denen ich die Schützen vermutete.

Wieder Schreien und Stöhnen, und vielleicht die Erkenntnis, dass Zwischenwände aus fünf Zentimeter starkem Gasbeton allenfalls vor Erbsenpistolen schützen.

Irgendjemand hatte gelernt und schaffte es noch, in die Richtung zu schießen, wo ich vor einer Sekunde gestanden hatte. Während zwei Meter weiter der Putz aus der Wand flog, trat ich die lädierte Tür auf und spendierte Kopfschüsse.

Keiner mehr übrig außer dem zitternden Geronten hinter dem nicht ganz so protzigen Schreibtisch. Während der acht Schritte zu ihm analysierte ich die Wunden, die meine blinden Salven verursacht hatten: Der ganz links hatte nur eine dunkle Stelle auf seinen Klamotten, offenbar lag ich mit meiner Schätzung daneben. Ich kalkulierte aus dem Gedächtnis neu, sah mir den Kerl nochmal an und ein Licht ging mir auf: ein Linkshänder.

Samann schien sich ein bisschen zu beruhigen, weil ich meinen Lauf gesenkt hatte.

»Schön, das wir uns endlich kennen lernen«, sagte ich. »Es gibt da ein paar Fragen, die ich Ihnen stellen wollte. Zum Beispiel: Welches Kino-Remake einer Achtziger-Jahre-Fernsehserie wurde teilweise in Uruguay gedreht? Na? Pastellfarbene Klamotten, Ferrari Testarossa …«

Samann machte nicht den Eindruck, als wüsste er die Antwort.

»Also gut, dann eben das Geschäftliche. Worum geht's hier wirklich? Albrecht hat mir eine ziemlich dünne Geschichte erzählt. Sie wollen angeblich das Nazi-Gold den Holocaust-Opfern spenden und greifen gerade jetzt an, wo seine Firma vor einem pharmazeutischen Durchbruch steht? Ich habe schon Sandalenfilme mit glaubwürdigerer Handlung gesehen. Sogar der, wo Ursus die Vampire aus dem Weltall bekämpft. Nein, war ein Scherz, so einen Film gibt es nicht. Oder doch? Egal. Also?«

Mein Fehler.

Ich war ins Plaudern gekommen, mein Gastgeber hatte seine Fassung wieder gewonnen. Ich merkte das, weil er nicht mehr zitterte. Und er hatte einen Blick aufgesetzt, den die Leute gerne »listig« nennen. Komisch, man sollte meinen, dass im Alter die Mimik mehr und mehr einfriert. Aber selbst mir fällt es einigermaßen leicht, solchen Opis die Stimmung abzulesen, die buchstabieren geradezu für mich.

Und natürlich wollte er feilschen.

»Warum sollte ich Ihnen irgendwas erzählen? Sie töten mich so oder so!«

»Das ist richtig. Aber das eine ›so‹ besteht aus einer Kugel in den Kopf, auf Wunsch von eigener Hand. Für einen eher preußischen Abgang mit letzter Ehrenrettung. Das andere ›so‹ wäre die Uraufführung eines improvisierten Theaterstücks mit dem Titel ›Jigsaws Enkelin und des Widerspenstigen Zähmung‹. Zwei Personen, spielt an einem Ort, Kunstblut brauchen wir nicht.«

Er wollte Widerworte geben, aber bevor der erste Laut über seine Lippen kam, hatte ich meine Messerspitze durch seine Nasenspitze gezogen.


Samann schrie auf, wahrscheinlich eher vor Schreck als vor Schmerz. Eine Sekunde vorher hatte er schließlich nicht mal gewusst, dass ich ein Messer habe.

Ich sah und hörte zu, wie er das ganze Programm abspulte: Fluchen, noch mehr Schreie, wieder Fluchen, giftiges Gucken, Besorgnis wegen des ganzen Blutes, Anrufen einer metaphysischen Instanz, Kramen nach blutstillendem Zeug, Fluchen nicht vergessen …

»›Also?‹«, fragte die ebenso attraktive wie skrupellose Blondine, während sie ihre langen, wohlgeformten Beine übereinander schlug. ›Ich möchte jetzt die ganze Geschichte hören‹, wiederholte sie ein letztes Mal und schob dabei den Rauch der türkischen Zigarette, die ein Tabakhändler in London eigens für sie fertigen ließ, über die erdbeerroten Lippen. Dem Mann wurde klar, dass er besser reden sollte, sonst würde es eine lange Nacht werden. Und nicht die Sorte langer Nächte, die ein Mann mit dieser Sorte Blondine verbringen will.«

Ich hatte Samann während meines Monologs am Ohr gefasst wie einen Schuljungen. Okay, das macht heute kein Erziehungsberechtigter mehr, insofern hinkt der Vergleich, aber Samann war alt genug, sowas noch zu kennen. Ich zog ihn hoch und führte ihn zu einer Chaiselongue (Albrecht hatte eine ähnliche und versucht, mir den Unterschied zu einem Ottomanen zu erklären, bis ich fragte, ob Ottomanie immer mit Dieselphobie einher ginge. Fand er nicht lustig).

Ich stieß Samann auf das Möbel und setzte mich in einen Sessel ihm gegenüber.

»Was zu trinken?«, fragte ich.

»Nein.«

»Gut. Jetzt nochmal von vorne, und ich werde es Ihnen leicht machen. Einfach meine Fragen beantworten. Sie sind in welchem Jahr geboren worden?«

»Was? Wieso?«

»Antwort. Sonst Messer.«

»1947!«

»Geht doch. Also ist es relativ unwahrscheinlich, dass Sie direkt an irgendwelchen Schweinerein der Nazis beteiligt waren … Ihr Vater ist mit U-3064 hier angekommen?«

»Ja, er war Fähnrich zur See.«

»Und hier hat er dann ein nettes deutsches Mädchen von sonstwoher gepoppt und Sie gezeugt. Hat man ihn an der Kohle beteiligt, die da transportiert wurde?«

»In geringem Maße.«

»Aber relativ wenig von viel ist relativ viel. Vielleicht hat er es auch geschickt angelegt. In Pharma-Kram, wie Albrecht?«

»Nein, ich verdiene mein Geld mit Altmetall.«

Das beantwortete mir die Frage, warum er so gut ausgerüstet war: Er hatte wahrscheinlich Kontakte zum Militär, die kaufen ja immer gerne neues Zeug und schmeißen das alte weg. Samann nimmt denen zur »Entsorgung« auch gerne mal einen Slick ab, an dem versehentlich noch Raketen hängen gelassen wurden.

Außerdem war damit Albrechts Geschichte, Samann wäre sein Konkurrent, endgültig als Lüge entlarvt.

»Jedenfalls müssen Sie sich keine Sorgen um die Brötchen des nächsten Frühstücks machen, wie es aussieht. Sie sind doch vom Nazi-Gold nicht mehr abhängig.«

Samann schwieg.

»Eigentlich hätten Sie sich auch ein hübsches Mädchen oder einen hübschen Kerl greifen können und eine ruhige Kugel schieben, oder? Warum der Angriff auf Albrecht? Ich habe in der ganzen Bude hier nicht eine Nazi-Devotionale gesehen, also hegen Sie wohl wenig Interesse an einem Vierten Reich.«

Der Alte hielt immer noch die Klappe, aber es fiel ihm schwer.

»Und wenn Sie das Nazi-Gold tatsächlich den Opfern des Holocausts spenden wollten, wie Albrecht behauptet, bräuchten Sie doch bloß die Bundesregierung und ein paar Pressevertreter zu informieren. Es würde zwar ein bisschen dauern, und Albrecht und seine Kumpels könnten vielleicht einen Teil der Kohle verschwinden lassen. Aber letzten

Endes kämen da bestimmt ein paar Millionen bei raus. Warum der Angriff? Hat Albrecht irgendwelche Aufzeichnungen über die Konten in der Residenz? Oder den Schlüssel zu dem einen Schließfach? Oder den einen Ring, der alle eint?«

»Es geht nicht um Geld!«

Na, endlich.

Um ehrlich zu sein: Ich musste nur ganz selten Leute wirklich richtig echt foltern. Ein wenig Brutalität als Katalysator, dann rede ich ein bisschen auf sie ein und irgendwann werden sie dann vom Drang überwältigt, mir alles zu erzählen.

Eigentlich merkwürdig.

Sonst bin ich nicht so geschickt im Umgang mit Menschen, aber Verhöre kriege ich ganz gut hin.

Ich habe Papa mal gefragt, woran das liegen könnte, aber er hat mich damals nur doof angeguckt.


Wilhelm Samann hatte gerade vor zwei Wochen noch einen Dokumentarfilm über Hyänen gesehen und sich gefragt, wie man deren Geräusche als Lachen bezeichnen konnte.

Jetzt fragte er sich, ob irgendjemand die Geräusche, die unaufhaltsam aus dem Mund der Mörderin drangen, »Sprechen« oder »Stimme« nennen würde.

Der Schnitt in seiner Nasenspitze tat weh, aber er fasste sich an die Ohren, besorgt, ob er dort auch blutete.

Er konnte keine weitere Sekunde dieser abstrakten Lautmalerei ertragen.

»Es geht nicht um Geld!«, rief er.

Es wirkte.

Sie schwieg.

Dieses Schweigen musste er unbedingt verlängern.

»Ich musste Albrecht stoppen …« Und bevor sie noch fragen konnte, wovor, schob er eilig die Erklärung hinterher.

»Albrecht arbeitet an einem Virus, der große Teile der Menschheit ausrotten soll. Nur die Arier sollen überleben.«

Die Augenlider der Frau bewegten sich nach oben, das rechte sogar bis in eine Position, die als »komplett geöffnet« durchgehen konnte.

»Das ist kein Witz. Und keine Phantasterei. Dass es unterschiedliche Rassen gibt, ist in der DNS begründet. Verschiedene Gene sorgen dafür, dass Neger schwarz sind, zum Beispiel. Asiaten weisen weniger Gene auf, die das Aussehen variieren. Das klingt wie Rassismus, dass die Schlitzaugen alle gleich aussehen, aber das ist wissenschaftlicher Fakt. Die Albrechts haben diese Gene identifizieren lassen, eine Arbeit von Jahrzehnten. Irgendwann vor ein paar Monaten wurden diese Arbeiten abgeschlossen; das war der schwierige Teil. Und seitdem versucht man, einen Retrovirus, ich weiß nicht was für einen, vielleicht HTLV-1, wahrscheinlicher aber HIV, so zu modifizieren, dass er nur bestimmte DNA umschreiben kann. Und natürlich soll dieser Virus möglichst leicht übertragen werden. Durch Einatmen.«

»Das heißt-«

»Das heißt, dass Albrecht die ganze Menschheit mit AIDS infizieren will, aber nur die ›Untermenschen‹ sollen daran sterben.«

Ich muss zugeben, das verblüffte mich.

Das war ein waschechter, alberner Superschurken-Plan von der Art, auf die ein Prä-Dalton-007 stößt.

Ich überlegte einen Moment.

»Okay, Väterchen. Wenn dir soviel daran liegt, das zu verhindern, brauchst du professionelle Hilfe. Ich stehe zur Verfügung.«

Samann verstand nicht.

»Bezahl mich. Ich mache Albrecht fertig.«

»Was?«

»Guck, was du im Portemonnaie hast. Das ist meine Gage.«

Er begriff immer noch nicht, schaute aber in seine Börse.

»Tausenddreihundert Pesos. Aber-«

»Ich arbeite nicht gratis. Wo kämen wir denn da hin? Her damit, dann ist Albrecht so gut wie weg vom Fenster. Du hast dich über mich erkundigt, du weißt, dass ich Wort halte.«

»Ja …« Er gab mir die Scheine und schöpfte Hoffnung. Die musste ich natürlich in einer Hinsicht enttäuschen.

»Allerdings habe ich Albrecht zugesagt, dass du so gut wie weg vom Fenster bist.«

Sollte ich mein Angebot erneuern, ihm selbst die finale Kugel zu überlassen? Nein, er bekam ohne Warnung drei Schüsse in den Kopf.

War besser so, sparte ihm die Aufregung.


»Kowalski hat angerufen. Samann ist tot. Seine Männer auch.«

Hauptmann Korff steckte ihr Telefon wieder in die Jacke und wartete den Moment, den Albrecht brauchte, um über den Zug an seiner Zigarette zu einer Entscheidung zu kommen.

»Gut. Wenn alles vorbereitet ist ...«

»Ja.«

»Gucken Sie nicht so, Korff. Ich kenne Ihre Meinung zur Genüge. Ich bin mittlerweile sogar geneigt, Ihrer Empfehlung zu folgen. Aber ich muss den Doktor bei Laune halten, gerade jetzt.«

Albrecht drückte seine Zigarette aus und rührte mit der Kippe im Ascher, eine Angewohnheit, die Korff während der gesamten vier Jahre angewidert hatte, die sie in seinen Diensten stand. Sehr gut bezahlte Dienste, deshalb verzichtete sie natürlich auf einen Kommentar.

»Was die Schäden an den Laboren angeht, Oberst, sollten wir die obere Kühlkammer besser ausräumen und über ein paar Tage Druckmessungen durchführen.«

»Ja. Musste die den Hubschrauber ausgerechnet dort abstürzen lassen?«

Korff schüttelte innerlich den Kopf über das Ausmaß von Albrechts Ignoranz.

»Das konnte sie nicht beeinflussen. Bedenken Sie bitte, dass Kowalski beide Helikopter innerhalb weniger Sekunden vom Himmel geholt hat, noch bevor die für Samann einen größeren taktischen Vorteil raus holen konnten.«

»Schon gut. Und der andere?«

»Der Huey ist in der Luft explodiert, das Heckteil des Rumpfes samt Motor ist bei Sektion 3 eingeschlagen, der Bug über dem Gang zum Tierlager. Nach erstem Augenschein keine gravierenden Schäden, aber Dr. Berns schlägt vor, den Beton per Radarscan zu untersuchen.«

»Ja. Wir brauchen sowieso ein paar Tage, bis die Kampfspuren beseitigt sind. Alle Weißkittel unterhalb Stufe Vier bekommen eine Woche bezahlten Urlaub, lassen Sie sich was einfallen. Irgendeine Leckage. Oder verunreinigtes Equipment. Nichts allzu Dramatisches, die sollen ja auch wieder zurückkehren wollen. Und sagen Sie Drügi-Todt, dass ich ihm genau diese sieben Tage zur Verfügung stelle, um bei seiner Versuchsperson signifikante Resultate zu erzielen.«

Es ihm selber zu sagen, traust du dich wohl nicht, dachte Korff, sagte »Ja, Oberst« und rief den Techniker herein.


Kurze Rekapitulation.

Der BND hatte mich beauftragt, das Schicksal seiner drei Agenten zu klären: Mindestens einer war tot, das wusste ich genau, und die Wahrscheinlichkeit sprach dafür, dass es den anderen beiden nicht besser ging.

Abgehakt.

Außerdem sollte ich herausfinden, was hinter den »Auffälligkeiten in der deutschen Auswanderer- gemeinschaft« steckt: Die wollten zum einen ihr Vermögen schützen, zum anderen bereitete ein Teil von ihnen den größten Genozid aller Zeiten vor.

Abgehakt.

Genau dieser eine Teil – Albrecht – hatte mich beauftragt, seine Interessen zu schützen, indem ich den unmittelbaren Widersacher ausschalte.

Abgehakt.

Und jetzt hatte ich mir von dem verstorbenen Wilhelm Samann Geld geben lassen, Albrechts Genozid-Pläne zu vereiteln. Hätte Albrecht mich für generelle Unterstützung bezahlt, stünde ich jetzt in einem Interessenkonflikt, aber da er mich ja sehr speziell eingesetzt hatte, »bis von Samann keine Gefahr mehr für uns ausgeht«, sah ich kein Problem.

Man könnte natürlich argumentieren, dass ich nun die Gefahr war, die von Samann ausging, dann hätte ich mir für lupenreine Logik eine Kugel in den Schädel schießen müssen. Aber man muss es auch nicht übertreiben mit der Konsequenz.

Die Kowalskis sind zwar für ihren Kodex bekannt, dem Auftraggeber notfalls bis in den Tod oder bis zum Vertragsende zu dienen. Aber eigentlich ist das kein richtiger Kodex, mehr so eine Richtlinie.

Ich kam also zu der Überzeugung, dass ich alle gemieteten Loyalitäten einigermaßen korrekt abgewickelt hatte und machte mich auf den Rückweg nach Colonia Sangre y Tierra, zur Residenz.

Dort fraßen Sie mir ja aus der Hand. Wer hätte gedacht, dass Infiltration so einfach ist.

»Das hat länger gedauert, als wir angenommen hatten«, begrüßte Albrecht die nichtsahnende Spionin.

»Ich musste noch ein paar Videofilme zurückbringen«, antwortete Kowalski.

»Ähm, ja. Ich würde mich jetzt ganz gerne über Ihre Zukunft in unserer kleinen Gemeinschaft unterhalten. Wollen Sie mich in mein Arbeitszimmer begleiten?«

»Hat das nicht Zeit bis morgen? Ich hatte zwar einigermaßen viel Spaß heute, bin aber auch ziemlich im Arsch.«

»Das verstehe ich natürlich. Dennoch liegt mir daran, Ihnen wenigstens meinen Vorschlag zu unterbreiten. Sie können dann ja darüber schlafen.«

»Von mir aus.«

Albrecht führte Kowalski in sein Arbeitszimmer und rückte ihr einen der Sessel zurecht. Natürlich setzte sie sich in den anderen. Aber das tat nichts zur Sache, beide waren präpariert.

»Sie wundern sich vielleicht, dass Hauptmann Korff nicht anwesend ist, aber das hat seine Gründe … Sehen Sie mal, hier.«

Albrecht schlenderte an seinem Schreibtisch vorbei und berührte die Rückseite einer Büste, die seinen Großvater darstellte. Mit einem leisen Zischen schwang eines der Bücherregale zur Seite.

»Uuuuh, ein geheimer Gang! Sehr interessant«, spottete Kowalski.

Albrecht sparte sich die Mühe einer Antwort und tat einen Schritt nach vorn. Zwischen ihm und Kowalski standen nun zwei Zentimeter Stahl, auf Kowalskis Seite mit Eichenholz furniert, um ihn als Rückwand des Regals zu tarnen.


Korff drückte den Knopf in dem Moment, in dem der Oberst vor Kowalskis Waffen in Sicherheit war.

Kowalski fuhr hoch, fasste sich einen Moment mit der linken Hand an ihr Gesäß, während ihr Colt sich in der rechten materialisierte. Sie rannte auf das sich schließende Regal zu und feuerte zwei Schüsse in Albrechts Richtung.

Es war knapp. Die schwere Stahltür schloss und verriegelte sich, als Kowalskis Hand nur noch wenige Zentimeter entfernt war. Die Hydraulik war kräftig, aber man konnte sie stoppen.

Korff drehte den Ton ab, sie ertrug das Gequassel der Blondine schon schlecht, wenn die gut aufgelegt war. Den bunten Strauß an Geschmacklosigkeiten, den Kowalski jetzt ausspie, musste Korff sich nicht antun.

Bemerkenswert, dass die Frau keine Sekunde darauf verschwendete, das Regal mit Gewalt zu öffnen. Stattdessen fasste sie an die Büste, traf tatsächlich exakt den unsichtbaren Sensor.

Auf dem Kontrollpult erschien eine Meldung »Unbefugter Zugangsversuch GGT12«, und noch während Korff den Fingerabdruck speicherte, schoss Kowalski, die nur eine Sekunde auf Erfolg gewartet hatte, auf eine der Fensterscheiben.

Kugelsicher, also versuchte sie sofort wieder etwas anderes.

Sie lief, durch das Narkotikum schon etwas gebremst, zu der Tapetentür, durch die Oberst Albrecht bei ihrer ersten Begegnung sein Arbeitszimmer betreten hatte.

Noch im Laufen gab sie erneut einen Schuss ab, aber diese Tür hatte man ebenfalls in Stahl ausgeführt. Kowalski untersuchte kurz die Tür, steckte ihr Messer in den Spalt, vergeudete aber keine weitere Zeit, als sie merkte, dass sie dort auch nicht entkommen konnte.

Noch ein Schuss traf die Wand zum Flur, Korff musste auf eine andere Kamera umschalten. Die

Wände des Arbeitszimmers hatten alle tragende Funktion, waren also massiv in Ziegeln errichtet worden.

»Was machst du denn jetzt, Mädchen?«, murmelte Korff, als Kowalski den Teppich neben dem Schreibtisch aufschlitzte. Aber als Korff das quadratische Loch im Teppich sah und beobachtete, wie die junge Frau auf den Schreibtisch kletterte, schon etwas behäbig, erkannte sie den Plan.

»Fünf Mann zur Bibliothek, sofort! Aber neben der Tür warten, schussbereit!«, brüllte sie in das Mikrofon.

Auf dem Monitor sah sie, wie Kowalski ihr Ersatzmagazin in den Boden leerte. Eine Linie von Einschusslöchern in drei oder vier Holzdielen, direkt neben den Balken darunter.

Kowalski schob ein weiteres Magazin in den Colt, sprang so hoch, wie sie es noch schaffte, streckte die Arme nach oben und durchbrach den Boden.


Ich landete hart und unkontrolliert.

Keine Ahnung, was die mir da durch das Sesselpolster injiziert hatten, aber es wirkte.

Ich kam mir vor, als hätte ich ein paar Pullen Wodka auf ex gekippt. Dabei bin ich schon von einem Glas Bier besoffen. Wer nicht trinkt, verträgt auch nichts. Was ist das Gegenteil von ›Macht der Gewohnheit‹? ›Die Ohnmacht des‹ … mir fiel nichts ein, so daneben war ich.

Immerhin sorgte das Mittel für eine entspannte Kackegal-Stimmung, ich musste mich nicht – wie sonst – groß anstrengen, die Holzsplitter, das Blut und die Schmerzen zu ignorieren.

Wo war ich hier? Lauter Bücherregale an den Wänden, in der Mitte des Raumes ein Ohrensessel mit einem Beistelltischchen. Hier saß Oberst Schweinebacke abends gerne mit einem guten Buch, einem Gläschen Appelkorn und pflegte seine Kultiviertheit. Zumindest sollte man das glauben. Wahrscheinlich diente dieser Raum nur dazu, Besuchern eben diesen Eindruck-

Okay, lieber erst mal sehen, wie ich hier raus komme.

Und aufpassen, dass keiner rein kommt.

Die ganzen Regale machten mich skeptisch.

Vor allem, weil sie sich bewegten, selbst, nachdem ich sie erschossen hatte.

Und irgendwer dimmte das Licht.

Aber im Grunde war mir das ganz recht, ich war sowieso ganz schön müde.

Das war ein ziemlich unbefriedigender Abgang.

Fand ich nicht lustig.


Merkwürdig, Korff hatte sich Jüdinnen immer eher flachbrüstig vorgestellt. Doch nun las sie auf der Website der Schauspielerin mit dem schon fast lächerlich archetypischen Namen Goldstein über deren meist vergeblichem Suchen nach einem Büstenhalter von der Stange. In ihrer Körbchengröße.

Ein frustrierendes Unterfangen, wie Korff bestätigen konnte.

Deshalb hatte die Aktrice in Los Angeles eine Boutique eröffnete, die sich auf die Lösung dieses Problems spezialisierte und in der das Alphabet bei »D« begann.

Korff fragte sich, ob Kowalski ihr diesen Hinweis gegeben hatte, um sie auf den Arm zu nehmen.

Oder war das ein freundschaftlich gemeinter Tipp gewesen, höchst ungeschickt verpackt?

# 4

Ich wachte auf und fror.

Meine Augenlider klebten aneinander. Als ich sie öffnete, bildete ich mir ein, es würde *kritsch* machen, wie bei einem Klettverschluss.

Eine Zelle.

In der Ecke ein Edelstahlpodest mit einem Loch auf der Oberseite. Auch ohne die Rolle Klopapier auf dem Podest hätte ich mir denken können, wozu es diente.

Sonst gab es noch den gemauerten Sockel, auf dem ich lag, zwei Kameras an der Decke und eine Stahltür, davor ein Gitter.

Interne Bestandsaufnahme. Das Tasten am Hinterkopf brachte die Erkenntnis, dass Tasten am Hinterkopf höllisch weh tat. Natürlich machte ich trotzdem weiter, ich wollte das Ausmaß der Beule wissen, und ob es eine Platzwunde gegeben hatte. Ausmaß: enorm, Blut: keines.

Meine Rippen schmerzten ebenfalls, desgleichen mein rechter Wangenknochen, die Nase, der linke Augenbrauenbogen und das, was noch von meinem rechten Ringfinger übrig war.

Die hatten aus Spaß, oder um sicher zu sein, dass ich tatsächlich im Stand-By bin, noch ein bisschen auf mich eingeprügelt oder eingetreten.

Und dann hatten sie mich ausgezogen in der (korrekten) Annahme, dass ich allerlei nützliche Utensilien in meinen Klamotten verstecke. Und mir den rechten Ringfinger am proximalen Phalangen gebrochen, damit ich meine Prothese, die intermediales und distales Phalangen ersetzte, nicht mehr einsetzen konnte.

Als ich den Arm ausstreckte, Handfläche nach oben, knickte der Finger nach unten, der Keramikstachel unter der künstlichen Haut baumelte wie ein Gerontenpimmel ohne Viagra.

Abbeißen? Nein, keinen Zweck, als Stichwaffe zu kurz.

Also dran lassen und schienen, sobald ich her raus wäre. Vielleicht würden die Knochen ja wieder zusammenwachsen. Wahrscheinlicher: Ein weiteres Stück chirurgischen Metalls in meinem Körper. Wenn das so weiter ging, würde man mich bald mit einem mittelstarken Magneten matt setzen können.

Apropos »sobald ich hier raus wäre«: Die hätten mir einfach eine Kugel in den Kopf schießen können. Vielleicht wollten sie aber lieber beobachten, wie ich verhungere.

Das wäre natürlich kacke.

Aber dann hörte ich ein leises Zischen und roch etwas. Es stank nicht ganz so beißend, also wahrscheinlich Sevofluran oder ein ähnliches mildes Betäubungsgas.

Die hatten noch andere Pläne mit mir.

Okay, bis später.


»Lacht die?«

»Ja, Oberst, das ist kurz nach dem Aufwachen.«

»Und was sagt sie da?«

»»Sagen Sie mir, Senatorin … haben Sie Catherine die Brust gegeben?««

»Was soll das?«

»Das ist ein Filmzitat. Weil wir sie an eine Sackkarre geschnallt hatten wie-«

»Ach so, ja, ich verstehe … Der Ton bei diesen Aufzeichnungen ist verbesserungsbedürftig, Hauptmann.«

»Ich weiß. Wir arbeiten daran. Das hängt mit der Stimme zusammen.«

»Erklärt dieser Mann ihr gerade, was als Nächstes passiert?«

»Ja. Dass sie standrechtlich erschossen wird.«

»Sieht nicht so aus, als wäre das Mädchen schockiert.«

»Nein.«

»Und was sagt sie jetzt?«

»Sie wurde nach einem letzten Wunsch gefragt. ›Ich wünschte, ihr hättet alle einen einzigen Hals und meine Hände lägen darum‹. Ich habe das gegoogelt: Ein Zitat von einem gewissen Carl Panzram, einem der ersten bekannten Serienmörder der USA.«

»Und jetzt?«

»Laut Transskript: ›Mach hin, du Stümper, in der Zeit, die du hier rumfummelst, hätte ich zehn Männer töten können‹. Ebenfalls ein Panzram-Zitat, sinngemäß übersetzt.«

»Offensichtlich verfehlt die Verzögerung ihre Wirkung.«

»Offensichtlich.«

»Alle anderen Versuchspersonen des Doktors wurden um so ängstlicher, je länger die Hinrichtung dauerte.«

»Ich weiß, Oberst. Allerdings ist sie in der Zelle überraschend und vorzeitig aufgewacht, wir mussten sie erneut betäuben. Kann sein, dass sie daraus ihre Schlüsse gezogen hat.«

»Mag sein … Oh, das hat weh getan.«

»Ja. Wir mussten siebzehn Stiche setzen, um die Wunde zu nähen. Und Caetano hat auf einer Rabipur-Impfung bestanden.«

»Gegen Tollwut? Das grenzt an Aberglauben.«

»Ich kann ihn verstehen, ehrlich gesagt.«

»Egal. Vergrößern Sie ihr Gesicht … Jetzt sollte gleich das Kommando kommen … lächelt die?«

»Ja.«

»Und jetzt meckert sie, weil es nur Platzpatronen waren, oder?«

»Ja.«

»Was sagt der Doktor?«

»Er schwankt zwischen Frustration und Faszination.«

»Das wiederum kann ich verstehen … Gut, eine Weile lassen wir ihm noch seinen Spaß. So lange er seine Pflichten nicht vernachlässigt …«


Nach der lahmarschigen Scheinhinrichtung hatte man mich wieder in eine Zelle gerollt. Immer noch an die Sackkarre gefesselt.

Ich stand dumm rum, mir blieb ja auch nichts anderes übrig, bis nach vielleicht einer Stunde der Drügi-Todt eintrat.

»Hausbesuch?«, sagte ich und schob noch ein »Dany« hinterher, weil alle Daniels und Danielas dieser Welt es hassen, so genannt zu werden.

»Gewissermaßen«, antwortete mein Gast. Er wippte auf seinen Zehenspitzen, um wenigstens ab und zu meine Größe zu erreichen. »Sie wissen also, wer ich bin. Hm, gut. Aber neben meiner Arbeit als Virologe betreibe ich in kleinem Rahmen wissenschaftliche Forschung anderer Natur, ein Steckenpferd, sozusagen ... Ich-«

»Oh, wir reden über Hobbies? Also, ich mache gerne Schmiedearbeiten. Schwerter, um genau zu sein. Geschmiedet aus dem Blut meiner Feinde. Richtig gehört: ›aus dem‹, nicht ›in dem‹. Sie als Mediziner wissen sicher, dass der menschliche Körper drei bis vier Gramm Eisen enthält. Wenn ich Zeit und Gelegenheit habe, extrahiere ich das aus der Leiche. So ein Breitschwert wiegt ungefähr ein Kilo, also braucht man dafür gerade mal dreihundert Tote. Plusminus. Ziel ist natürlich, einen Thron aus Schwertern zu bauen, wie in-«

Drügi-Todt unterbrach mich, indem er mir seine Gummihandschuhe durchs Gesicht watschte.

»Ich hoffe mal, dass an deinen Fingerkondomen nicht noch irgendwelche Geschlechtskrankheiten dran kleben, Doktor Düsentrieb. Weiß ich, ob du gerade damit gewichst hast?«

»Seien Sie still!«

»Nein«, sagte ich und schwieg. Ich war doch ein bisschen neugierig, was er mir zu erzählen hatte.

Er brauchte eine Sekunde, ich wollte schon fast weiter labern.

»Frau Kowalski«, sagte er grinsend, ungewollt das Klischee vom manierierten Filmschurken mit Zigarettenspitze imitierend, nur ohne Zigarettenspitze, »ich mache den Leuten Angst.«

Der Witz, auf den der gute Doktor wartete, lag mir zu nahe. Ehrlich, was hatte er gedacht? Dass ich mich auf einen amüsanten rhetorischen Schlagabtausch einlasse? Wo er dann am Schluss sowas sagen kann wie »Nein, Frau Kowalski, ich erwarte von Ihnen, dass Sie sterben«? Von wegen.

Das, was vielleicht ein süffisantes Lächeln sein sollte (ich würde das später mal nachschlagen müssen), blieb auf seinem Gesicht kleben wie Sperma in Schamhaaren.

»Hm. Also, jedenfalls, Sie werden Gegenstand verschiedener Experimente sein, mit denen ich testen will, was Ihnen Angst macht.«

»Pfft.«

»Ich weiß, ich weiß, Sie haben diese interessante neurologische Störung. Weshalb man Sie die Frau ohne Furcht nennt.«

»Man nennt mich Mister Tibbs.«

»Hm. Wie auch immer. Ich bin mir sicher, wir werden etwas finden. Ich fürchte nur, dass schon die Suche für Sie kein Spaß sein wird.«


»Das ist ein sehr interessanter Bericht, Hauptmann. Und die Schlange?«

»Wir mussten sie töten, Doktor, sonst hätte sie die Frau zerquetscht.«

»Ja … Schade, war ein schönes Tier. Ist die Patientin verletzt?«

»Anscheinend nur die Rippen angeknackst.«

»Aber sie hat trotzdem nicht geschrien?«

»Doch. Aber nur vor Schmerzen, da bin ich sicher.«

»Hm, ja, die Daten sprechen dafür … Also hat sie tatsächlich keine Angst.«

»Sieht nicht so aus. An Viechern haben wir jetzt jedenfalls alles durch. Sogar Schmetterlinge.«

»Oh ja, Lepidopteraphobie. Kommt nicht häufig vor, aber wir wollen nichts unversucht lassen. Die trivialen Sachen haben Sie dann natürlich auch ausprobiert?«

»Wir haben ihr als Allererstes eine Tarantel aufs Gesicht gesetzt. Sie hat gesagt: ›Oh, die gibt's auch in blau?‹, dem Tier den Kopf abgebissen und auf Hans gespuckt.«

»Faszinierend.«

»Fand Hans nicht. Als es darum ging, ihre Schmerzreaktion zu testen, hat er sich freiwillig gemeldet.«

»Ich bedaure sehr, dass ich nicht dabei sein konnte. Überhaupt ist es sehr unbefriedigend, dass mir meine Arbeit für Sie so wenig Zeit-«

»Mag sein, aber die von Ihnen gewünschten Experimente werden durchgeführt. Je schneller, je besser.«

»Hm, ja. Und die Schmerzprozedur hat auch nichts gebracht?«

»Sie haben ihren Körper gesehen, oder? Abgesehen von den Narben … ihr fehlen ein Finger und die äußeren Zehen des linken Fußes. Wir dachten, es wäre eine gute Idee, ein eventuelles Trauma wieder aufleben zu lassen und den rechten Fuß zu bearbeiten. Aber als Hans einen Zeh abgeknipste, hat sie ihn aufgefordert, den nächsten ebenfalls zu entfernen. Damit sie wieder symmetrisch wäre und endlich hexadezimal rechnen könne.«

»Das ist unglaublich interessant. Ich werde mir unbedingt die Aufzeichnung ansehen müssen.«

»Doktor, wir sollten sie töten. Ohne weitere Experimente durchzuführen. Nach dem Waterboarding hat sie einen meiner Leute umgebracht und zwei verletzt. Die beiden konnten zum Glück den Trakt abriegeln und das

Betäubungsgas einleiten. Aber sie hatte sich schon an dem Toten zu schaffen gemacht. Den Unterkiefer abgetrennt.«

»Warum das?«

»Sie sagte, sie wolle den als Schaufel benutzen, damit einen Tunnel graben.«

»Was für ein Blödsinn. Sie haben doch überall Betonböden. Oder nicht?«

»Doch, haben wir. Sie will uns nur irritieren.«

»Faszinierend. Selbst im Angesicht des Todes bleibt sie eine Nervensäge.«

»Allerdings. Doktor, ich kann durchaus verstehen, dass Sie von ihrer Patientin besess- dass Sie sich für sie begeistern können. Aber ich werde dem Oberst gegenüber nochmal die dringende Empfehlung aussprechen, Kowalski möglichst schnell zu eliminieren. Ich kann unsere Sicherheit sonst nicht garantieren.«

»Sie ist nur ein Mädchen! Mit einer faszinierenden neurologischen Störung: Sie hat keine Angst! Stellen Sie sich vor, wir könnten das reproduzieren … Furchtlose Soldaten!«

»Das ist nicht nur ein Mädchen. Das ist …«

»Was? Eine Naturgewalt? Der Zorn Gottes? Humbug!«

»Nein.«

»Sie haben Angst vor ihr, was?«

»Ich spiele auch nicht an einer laufenden Kettensäge herum. Es gibt für meine Vorsicht einen Fachbegriff, der Ihnen vielleicht unbekannt ist.«

»Hm. Tatsächlich? Und der wäre?«

»›Gesunder Menschenverstand‹.«

»Ich kann deine Fotze riechen!«, sagte ich zu meinem Besucher.

Ich wäre gerne ergänzend zum Gitter gesprungen, unsittliche Geräusche produzierend, aber die hatten mich in den letzten Tagen so vollgepumpt mit irgendwelchem chemischen Kack, dass ich meinen Arsch nur langsam von der Pritsche rollte. Und meine Notreserven wollte ich nicht auf einen halbgaren Gag vergeuden.

»Oh ja, sehr gut. Den Film kenne ich natürlich auch. Wer nicht? Aber Sie wissen bestimmt, was mit dem passiert, der das sagt.«

»Er verschluckt sich.«

»Hm, ja, so kann man das wohl nennen. Wissen Sie, Korff hat bei Albrecht durchsetzen wollen, dass Sie sofort exekutiert werden … Dieses Mal nicht zum Schein.«

»Die ist nicht doof, die Korff.«

Doktor Tod zog einen Hocker heran und setzte sich vor das Gitter. Leider außerhalb meiner Reichweite.

»Ich habe aber erwirkt, dass eine letzte Maßnahme an Ihnen vorgenommen werden wird.«

»Korffs Plan ist besser, aber Sie sind der Doc, Doc. Und, was hast du vor? Du filmst mich, und eines der Stativbeine entpuppt sich als Dolch?«

»Nein, es ist schon ein wenig anspruchsvoller. Sie werden sehen.«

»Uuuuh, das macht mir jetzt aber Angst. Nein, 'tschuldigung, geht ja gar nicht.«

»Hm, ja, leider muss ich zugeben, dass wir bis jetzt wenig Erfolg hatten. Infraschall, Stroboskope, Schweißgeruch …«

»Kann sowieso bei niemandem funktionieren, der schon mal in einer Disco war.«

»LSD, Dopamin, Levodopa, Yohimbin, all die Mittel mit buchstäblich fürchterlichen Nebenwirkungen ...«

»Bei der ersten Injektion hätte ich dich fast verarscht, was? ›Nicht die Sauce, bitte nicht die Sauce!‹ Ich dachte ja, ihr wärt hier alle große Fans von Mel Gibson ... Hat lange gebraucht, bis ihr drauf gekommen seid. Aber wenn's dich tröstet, Zuckerschwänzchen, ich fühle mich ziemlich kacke. Können Sie mir nicht was verschreiben, Doktor? Oder mir ein Aspirin bringen lassen?«

»Das ist sehr frustrierend, dazu müssen wir uns Ihre Monologe-«

»Das tut mir echt leid. Nein, wirklich, ich lüge jetzt nicht, ich bin betroffen. Zutiefst betroffen. Und ich schwöre feierlich, bei deinen nächsten Experimenten ein braves, stilles Versuchskaninchen zu sein. Ich möchte dir ja auf keinen Fall irgendwelche Unannehmlichkeiten bereiten, das widerspricht meiner Natur zutiefst. Liebe deinen Nächsten, das war schon immer mein Motto. Mehr als ein Motto möchte ich fast sagen, schon eher-«

»Ich glaube, ich habe eine Methode gefunden. Ich will aber nicht zu viel verraten.«

»Aha. Warum bist Du dann überhaupt gekommen, Nasenbär?«

»Wissen Sie, als Wissenschaftler sollte man ja objektiv sein und neutral den Testobjekten gegenüber. Ich gebe zu, das klappt nicht immer. Manche Leute sind einem sympathischer als andere, einfach so, und dann ist man ein bisschen nachsichtig und schon sind die Ergebnisse verfälscht.«

Er rückte seine Brille zurecht und starrte mich durch die Glasbausteine an. Ich musste wieder grinsen:

»Du bist wirklich ein allerherzigster Mad Scientist, Doc. Dass es solche Typen im echten Leben noch gibt und nicht nur in viertklassigen Parodien, finde ich ebenso erstaunlich wie amüsant. Hast du als kleiner Junge irgendwelche Monsterfilme geschaut hatte und dann gesagt: ›Ich will später mal so werden wie der Mann in dem Laborkittel und den Gummihandschuhen‹? Oder kam erst der Gummihandschuh-Fetisch und dann die Überlegung, wie man den geschickt in den Alltag einbauen könnte?«

Er nahm die Brille ab und kniff sich in die Nasenwurzel.

»Ich war noch nicht fertig, Frau Kowalski.«

»Mir egal. Es gibt in meiner Situation nur zwei relevante Sachen, die du mir erzählen könntest: ›Sie sind frei‹ oder ›Sie werden jetzt sterben‹. Wir könnten natürlich auch die Vor- und Nachteile von Turbos im Vergleich zu mechanisch betriebenen Ladern erörtern, das wäre ein netter Zeitvertreib, da würde ich unter Umständen sogar zuhören. Vielleicht kann ein Mann der Wissenschaft mich ja fundiert von meiner Meinung abbringen, dass Aufladung durch Abgase schon vom Prinzip her nur was für Leute ist, die sich an ihren eigenen Fürzen aufgeilen. Obwohl ich sagen muss, dass ich mal einen Turbo- Citroën hatte, der ganz passabel lief. Aber ich habe immer gedacht: ›Lieber den mit dem V6 und dann einen Lysholm in das V pack-‹«

»Wenn die Methode erfolgreich ist, werden Sie mich um Erlaubnis bitten, Ihre eigene Zunge schlucken zu dürfen. Und dann beginnt es erst richtig. Sie werden nicht im Dienst der Wissenschaft leiden, sie werden zu meinem Amüsement durch die Hölle gehen.«

Er war aufgestanden und fuchtelte tatsächlich mit den Armen. Komm schon, noch zehn Zentimeter ...

Aber den Gefallen tat er mir nicht, seine Wut ebbte ab.

»Is' was, Doc?«

»Äh ... Pardon, ich habe mich gehen lassen. Ihre Wirkung auf andere Menschen ist Ihnen sicherlich bewusst.«

»Frauen wollen sein wie ich, Männer wollen rein in mich.«

»Mag sein. Hm, ja, kann stimmen, zumindest der zweite Teil. Ich will auch rein, aber in Ihren Kopf.«

Wahrscheinlich wollte er nach dieser ach so tollen Pointe einen Abgang mit irrem Kichern hinlegen, aber ich hatte auch noch was zu sagen.

»Sechshundertelf ist die Antwort, aber wie heißt die Frage?«

»Was?«

»Natürlich nicht. Echt jetzt mal. Wenn die Antwort eine Zahl ist, muss die Frage offensichtlich mit ›wie viel‹ oder ›wie oft‹ anfangen. Und die Frage lautet: Wie oft werde ich dir meine Faust auf die Nase rammen, bevor ich den Spaß daran verliere und aus reinem Pflichtgefühl weiter mache?«

Der Doc setzte zu einer Erwiderung an, klappte den Mund aber wieder zu und stand einfach nur da wie ein Weihnachtsbaum zu Ostern.

Ich setzte mich auf die Pritsche, warf meinen imaginären Ball auf den Boden, *plock*, er prallte gegen die Wand, *pock*, und landete im unsichtbaren Handschuh, *patsch*.

Mache ich immer, wenn ich im Knast sitze.

*Plock, pock, patsch.*

*Plock, pock, patsch.*

Docs schlurfenden Abgang bekam ich nur halb mit.


»Ist sie bereit?«

»Ja, alles klar, Doktor.«

»Gut, fangen wir an. Erst die Injektion ... Sehr schön. Werte stabil?«

»Ja, Puls bei sechzig, Atmung ruhig. Das EEG zeigt kaum Aktivität. Hautleitwert bei zwei Mikro-Siemens.«

»Hm. Sie ist total entspannt. Noch. Drehen Sie bitte langsam auf, für den Anfang 12 Prozent, dann sehen wir, was passiert.«

»Was ist, wenn sie immer noch nicht einklappt?«

»Dann gehört sie Korff.«

»Ich wette, die jagt ihr an Ort und Stelle eine Kugel in den Kopf, ohne sie los zu binden.«

»Sie werden niemanden finden, der dagegen hält. Sehe ich da eine leichte Zunahme der Pulsfrequenz?«


Wieder hatte man mich mit Gas abgeschaltet, auf einen Operationstisch geschnallt und mit irgendwelchen Sensoren beklebt.

Kannte ich schon.

Aber jetzt hatten sie mir eine Atemmaske aufgesetzt. Vielleicht, um mich erstmal zu regenerieren?

Hatte das Betäubungsgas auf Dauer Nebenwirkungen, die man mit Zufuhr von reinem Sauerstoff mindert oder so?

Ich sollte das eigentlich wissen, aber wegen der ganzen Drogen waren meine Neurotransmitter alle mit Rollatoren unterwegs.

Nachdem meine Systeme offline gingen, hatten sie mich so gut verzurrt, dass der Tisch mit hundertachtzig von der Straße abkommen und sich siebzehn Mal überschlagen hätte können, und ich wäre keinen Zentimeter hin oder her gerutscht.

Anscheinend hatten sie sogar extra Löcher in die Trage gebohrt, um meine Mittelfinger mit Kabelbindern zu fixieren.

Ich fühlte mich geschmeichelt.

Man hatte sich keine Schwächen erlaubt, mir keine Gelegenheit geboten, zu flüchten. Oder wenigstens ein paar Nasen zu brechen.

Das imponierte mir.

Normalerweise weicht Routine Sorgfalt auf, aber die Jungs hier ließen echt nicht nach.

Nicht mehr.

Das alles bedeutete letzten Endes, dass ich keine Büroklammer im Mund hatte, die ich mir in die Hand spucken würde, um das Gurtschloss zu knacken.

Also konnte ich mich metaphorisch zurücklehnen und die Show genießen.

Dieses Mal hatten sie sich was Neues einfallen lassen: Ein Industrieroboter verpasste mir eine Spritze, autsch.

Ich fragte, was die mir da für einen Quark nun wieder injiziert hatten, bekam aber keine Antwort.

Auch gut, dann gab ich eben eine Anekdote zum Besten.

»Da gab es diesen Typen, den ich durch eine Fertigungsstraße jagte. Keine Ahnung, was genau da hergestellt wurde, aber die hatten auch solche Dinger. Bewegen sich regelmäßig, man muss nur den Rhythmus finden. Hatte meine Zielperson Probleme mit. Als ich ihn fand, war er schon halb tot, weil er ein paar harte Rechte von hydraulischen Muskeln kassiert hatte. Ich verpasste ihm eine Kugel und legte ihn unter eine Zwanzig-Tonnen-Presse … Der ganze Glibber, der an der Seite raus kam, wanderte aus irgendeinem physikalischen Grund dann an dem Stempel nach oben. Wie eine umgekehrte Kerze, nur schneller.«

Keine Reaktion.

Hatten die den Ton abgeschaltet?

Ich will die Leute an meinen Erfahrungen und meiner Weisheit teil haben lassen und die ignorieren mich?

Wie unhöflich!

Ich wollte gerade eine Serie von Maulfürzen starten, als ich merkte, dass irgendwas nicht stimmte.

Es roch merkwürdig, aber nicht nach dem Betäubungsgas. Wäre ja auch sinnlos.

Hatte ich versehentlich echt einen fahren lassen?

Mir wurde ein bisschen komisch.

Und ich begann zu schwitzen.


»Das sieht doch vielversprechend aus. Der Hautleitwert steigt auch. Sehr schön. Erhöhen Sie den CO2-Anteil auf zwanzig Prozent.«

Es kam mir so vor, als ob mein Kehlkopf anschwoll, auf die Größe eines Tennisballs.

Einer Kokosnuss, eines Straußeneis, eines Globus.

Ich atmete schneller, ohne dass ich es wollte.

Aber es wurde nicht besser.

»Ich kriege keine Luft mehr!«

Aber das schien niemanden zu stören.

Die wollten mich verrecken lassen!

Ich japste.

Und mir traten Tränen in die Augen, ohne dass ich Schmerzen hatte.

»Hilfe!«

Ich wollte das nicht schreien, aber es kam einfach aus mir raus. Obwohl mein Globus-Hals sich anfühlte, als würde die Schlinge, die ihn umfing, sich langsam zuziehen.

Mein letzter klarer Gedanke war »Kacke«, dann schaltete sich mein Verstand ab.

»Papa!«


»Wie viel Prozent?«

»Achtundzwanzig.«

»Ha! Ich wusste es! Der Puls ist auf hundertsiebzig, Hautleitwert auf etwas über einem Mega-Siemens und beim EEG reicht die Skala nicht mehr. Gehen Sie auf dreißig Prozent, das lassen wir dann fünf Minuten stehen.«

»Bringen wir sie damit nicht um?«

»Hm. Nein, die hält was aus.«

»Auch wieder wahr.«

Korff beobachtete auf dem Monitor, wie die Frau sich auf der Trage wand. Obwohl die Fesseln nur wenige Millimeter Spielraum erlaubten. Kowalski spannte alle Muskeln, wirklich alle, aber es nutzte nichts. Ihre Adern pochten und traten hervor, bis sie aussah wie die umgekehrte topografische Karte einer Flusslandschaft.

Korff schaltete den Ton ab, als die grotesk verzerrte Altstimme in ein klirrendes Fiepen überging, unterbrochen von schepperndem Gurgeln.

Kowalski übergab sich. Einer von Drügi-Todts Assistenten lüpfte kurz die Maske und ließ das Erbrochene abfließen, damit sie nicht daran erstickte.

Ganz offensichtlich war der Versuch dieses Mal erfolgreich.

Korff überlegte, ob sie in das Labor gehen und Kowalski einen Gnadenschuss gewähren sollte.

Aber Befehl war Befehl.


Man band mich los, sprach beruhigende Worte, und ich war dankbar.

Doktor Tod stand neben mir und hielt meine Hand. Ich setzte mich auf, umarmte ihn und weinte mich an seiner Brust aus, der Rotz floss mir nur so aus der Nase. Er tätschelte mir den Kopf.

Einer der Söldner setzte mich sanft in einen Rollstuhl und schob mich durch die Gänge, während ich still zuckend vor mich hin schluchzte.

Wir begegneten Korff. Ich wollte mich an sie kuscheln und mich vom Klang ihres Herzschlags beruhigen lassen wie ein Welpe, aber ich war zu erschöpft, um sie auch nur anzusprechen.

Sie gab dem Söldner einen Befehl, wir drehten um.

Er fuhr mich durch irgendeine eine Tür, in irgendeine Zelle, kippte mich aus dem Rollstuhl und verschwand.

Es war kalt.

Ich rollte mich zusammen und heulte weiter.

Ich wusste genau, was passiert war und konnte trotzdem nicht dagegen an.

»Ich darf wohl sagen, dass Frau Kowalski sehr gut auf die jüngsten Maßnahmen angesprochen hat.«

Albrecht musterte Drügi-Todt, ohne sich Mühe zu geben, seine Verachtung zu verbergen.

Nicht, dass er die Methoden des Doktors verurteilte.

In der Geschichte der Medizin, überhaupt der Wissenschaft, hatte man immer wieder Experimente an unfreiwilligen Versuchspersonen durchgeführt. Ein guter Teil der aktuellen Technik basierte auf den Ergebnissen eben dieser Forschung. Die ambulante Sterilisation von Frauen etwa, heute gang und gebe, wurde von Carl Clauberg in Auschwitz erarbeitet.

Was Albrecht an Drügi-Todts Vortrag störte, war der süffisante Ton sadistischer Selbstgefälligkeit.

»Normalerweise würde man annehmen, dass eine hohe Dosis Kohlendioxid in der Atemluft ihr nicht zusetzt. Schließlich ist bei ihr genau der Teil des Gehirns beeinträchtigt, der gefahrenbehaftete Umweltbedingungen dieser Art erkennt. Aber es scheint noch eine weitere Ebene zu geben, auf der Angst erzeugt wird. Und bei geeigneter Stimulation entstehen dort um so heftigere Reaktionen.«

Drügi-Todt erwähnte nicht, dass sein Experiment keine Premiere darstellte. Kowalskis Defekt war nicht einzigartig, und mit anderen Betroffenen hatte man vergleichbare Versuche durchgeführt. Natürlich mit deren Einverständnis und frühzeitigem Abbruch. Aber das musste Albrecht nicht unbedingt wissen.

»Sind Sie sicher, dass die Heftigkeit dieser Reaktion nicht lediglich der Novität der Erfahrung geschuldet ist?«

Drügi-Todt überlegte kurz.

»Hm, ja, durchaus möglich. Wir erforschen hier weiße Flecken auf der neurologischen Karte, da sollte man sich nicht direkt anfangs auf einen Pfad festlegen.«

»Sie beabsichtigen also, noch weitere Experimente mit Kowalski durchzuführen. Sagen Sie mir nur eines: Warum sollte ich die finanzieren?«

»Sie kennen doch sicher den Begriff ›Panzer-schokolade‹?«

»Natürlich. Der Markenname war Pervitin, produziert von den Temmler-Werken. Wurde den Landsern gereicht, um Müdigkeit zu vertreiben und sie zu enthemmen. Nichts anderes als Methamphetamin, damals legal. Sie wollen darauf hinaus, Kowalskis Furchtlosigkeit auf pharma-zeutischem Weg zu reproduzieren? Die Panzer-schokolade des 21. Jahrhunderts, aber ohne Nebenwirkungen? Ja, stimmt, dafür gäbe es einen Markt. Auch in der neuen Welt.«

»Darüber hinaus könnten wir die Frau konditionieren. Sie haben gesehen, wie sie sich nach der Behandlung an mich geworfen hat. Und Sie wissen um ihre Fähigkeiten.«

»Meine eigene, gehirn-gewaschene Killerin … Ein bisschen pittoresk, finde ich, ein Klischee aus der Populärkultur …«

Trotzdem fand Albrecht diesen Gedanken reizvoll.

Fast so reizvoll wie die Vorstellung, die marmorne Utensilienschale mit Schwung vom Schreibtisch in Drügi-Todts selbstzufriedenes Grinsen zu befördern.

## 5

Langsam schlichen sicher wieder echte Gedanken in mein Hirn und verdrängten das konstante »Aaaaaah!!!«

Mir war kalt, deshalb gab es keinen guten Grund, die Embryonalhaltung aufzugeben.

Das also war Angst.

Kacke.

Ich kannte natürlich die Untersuchungen. Papa hatte mir die Berichte zu lesen gegeben: Kohlendioxid versetzt selbst Leute wie mich in Panik, und uns umso heftiger. Ja, interessant, danke. Und schon wieder vergessen.

Weil, ebenso logisch wie ironisch, ich natürlich nicht fürchtete, dass mir das mal passieren könnte.

Jetzt war es aber passiert.

Kotzgeschmack im Mund, wahrscheinlich hatte ich eine gute Show geboten.

Das mit der Angst war schon kacke, aber noch mehr nervte mich, dass ich zur Marionette von Doktor Tod und seinen Kumpels geworden war. Wenigstens hatte ich mich nicht bepisst oder bekackt.

Oder?

Nein, alles trocken.

Fest stand: Noch eine Behandlung würde ich nicht überstehen. Ich konnte jetzt schon nur mit Mühe geradeaus denken. Nur, weil ich mich dazu zwang. Und das war echt anstrengend. Wie machen das die Leute, die nicht so sind wie ich?

Ich musste was unternehmen, was auch immer.

Zweitbestenfalls würde ich dabei drauf gehen und Doktor Tod den Spaß verderben, weitere Experimente mit mir anzustellen.

Also, gehen wir Schritt für Schritt vor.

Zwanzig Sekunden für einen Moment der Meditation, um mich weiter zu entspannen und die Kälte auszublenden.

Augen auf. Wieder mit gefühltem kritsch. Neonlicht, nackter Betonboden.

Aufrichten. Schwer, wegen der Erschöpfung und der Kälte. Und weil meine Haut am Boden klebte.

Umgucken. Keine Kameras. Nur ein Guckloch in der Tür. Schon mal gut.

Der Raum: leer, bis auf eine Tiefkühltruhe in der hinteren Ecke.

Wahrscheinlich war das die Kühlkammer unter dem Parkplatz. Die, von der man nicht sicher war, ob der Hubschrauberabsturz sie beschädigt hatte.

Die Kälte sollte mich schwach halten und für weitere Behandlungen empfänglich machen.

Umgebung untersuchen. Meine nackten Füße klebten bei jedem Schritt ein bisschen an dem Boden.

Auf der Kühltruhe eine Plastiktüte, eine Rolle Zewa steckte noch drin.

Ein ziemlich dicker Käfer auf dem Boden, erfroren. Soviel zum Thema »Reinraum«. Knirschte beim Kauen.

Aus der Kühltruhe hatte man sämtliche Böden entfernt. Das mussten die Labortechniker gemacht haben, die Söldner hätten das ganze Ding raus getragen. Soviel wiegen solche Teile nicht.

Aber natürlich zu viel, als dass ich sie in meinem Zustand irgendwem an den Kopf schmeißen könnte.

Merkwürdig, nie vergisst jemand einen Colt. Oder wenigstens einen großen Schraubendreher.

Schade.

Obwohl … mir kam da so ein Gedanke.

Es fehlte eigentlich nur noch Wasser.

Aber keine Ahnung, wo ich das her bekommen sollte, also war der tolle Gedanke einen großen Kackhaufen wert.


Caetano schob die Abdeckung des Gucklochs beiseite.

Die Frau lag am hinteren Ende der Kühlkammer auf dem Boden, eingerollt wie ein Baby, bedeckt mit einer feinen Schicht Reif.

Kein Wunder, es war schon ein paar Stunden her, seit man sie abgelegt hatte.

Einen Moment bewunderte er ihren Hintern. Eigentlich sah sie ganz hübsch aus, wenn die weiße Kälte die unzähligen Narben verdeckte, die ihre Haut überzogen wie das Netz einer drogensüchtigen Spinne.

Sie regte sich nicht und atmete nur noch schwach, sollte also keine große Gefahr mehr darstellen. Noch besser: Sie redete nicht.

Caetano nickte Horst zu und entriegelte die Tür.

Die beiden Männer gingen langsam und mit gezogenen Waffen auf die leblose Frau zu.

Sehr langsam – die Bisswunde in Caetanos Arm ermahnte ihn pochend, vorsichtig zu sein.

Nach einer halben Minute stand Horst direkt neben ihr, trat vor ihre rechte Wade.

Keine Reaktion.

»Steh auf!«

Ein knarzendes Geräusch, das wahrscheinlich ihre Version eines Stöhnens darstellte.

Caetano kam näher und stupste den Kopf der Frau mit seiner Schuhspitze an.

Sie stöhnte erneut, bewegte sich ein bisschen.

»Knntstdudsbddsnlssn.«

»Was?«

Erneut das unverständliche Gebrabbel, noch leiser.

Horst beugte sich vornüber, um die Frau besser verstehen zu können.

Keine gute Idee, fand Caetano: »Nicht näher! Wir schleifen sie an den Fü-«

Aus Horsts Nacken ragte plötzlich ein hellgelber Stachel. Noch während Horst vornüber fiel, schwang Kowalski, die mit einem Mal auf ihren Füßen war, ihren Arm in Caetanos Richtung.

Er sah ein graugelbrotes Ding auf sich zu kommen, und bevor er reagieren konnte, drang das Ding durch sein Auge ins Gehirn.

Der Schock unterdrückte den Schmerz. Allerdings konnte er sich nicht rühren. Irgendwie roch es komisch und die Frau sagte etwas und er spürte, wie sie ihm die Waffe aus den Händen wand und er fragte sich, ob Horst irgendwelche ansteckenden Krankheiten hatte, die über das Blut übertragen werden konnten und er wunderte sich, dass er solch einen Gedanken überhaupt noch zustande brachte.

Dann wurde es dunkel.

Pykrete.

Benannt nach Georg Pyke, der es zwar nicht erfunden, aber populär gemacht hatte. Unter anderem mit dem Plan, einen gewaltigen Flugzeugträger aus diesem Zeug zu bauen, der bei Luftangriffen auf Nazi-Deutschland als Tankstopp dienen sollte.

Im Grunde ist Pykrete nichts anderes als Eis mit Sägemehl.

Aber das hat es in sich. Pures Eis bricht und splittert unter Krafteinwirkung, Pykrete ist hart wie Beton.

Nun hatte ich kein Sägemehl. Aber so ein super-saugfähiges Hausfrauenglück von der Rolle sollte ein passabler Ersatz sein, schließlich ist es der gleiche Grundstoff. Heißt so ähnlich wie Zelluloid.

Das war der tolle Gedanke. Und irgendwann fiel mir auch ein, wo ich das Wasser her bekommen könnte.

Ich nahm die Rolle aus der Tüte, lehnte mich mit herunter gelassenem Slip und leicht gebeugten Beinen an die Wand, hielt die Tüte unter und ließ es laufen.

Okay, das war nicht mal ein Viertelliter. Musste reichen.

Ich hielt die Tüte mit den Zähnen, stellte mal wieder fest, dass Mädchenpipi doch nicht nach Elfen roch, die auf Regenbögen reiten, schnappte mir die Zewarolle, riss ein paar Blätter ab und drehte daraus einen schlanken Konus.

Hätte ich besser vor dem Pissen gemacht. Da standen wohl noch ein paar Umleitungsschilder vor den entsprechenden Synapsen.

Ich steckte den Papierkonus in die Plastiktüte, er saugte die gelbe Flüssigkeit fast vollständig auf. Woltz International Pictures präsentiert: »Der Zauberstab der Harn-Hexe«.

Ich riss noch mehr Blätter ab, drehte die Tüte zusammen und steckte sie in die innere Papprolle, damit die Form erhalten blieb. Dann legte ich das Ganze in die Kühltruhe, an der spitzen Seite des innersten Papierkonus leicht erhöht, auf einem Knäuel aus Zewa.

Mal sehen, wie lange es dauerte, dass siebenunddreißig Grad warme Flüssigkeit gefror.

Die Kälte meldete sich zurück, ich wurde müde. Normalerweise funktioniere ich bis zum Gefrierpunkt ganz gut, aber mir machte die psychische Erschöpfung zu schaffen. Vermutete ich jedenfalls, bisher kannte ich sowas nicht.

Ich stellte meinen inneren Wecker auf drei Stunden, hoffentlich ging der noch. Konnte ja sein, dass er von Albträumen überlagert wurde.

Albträume … Da hatte ich schon viel von gehört, das wäre bestimmt eine interessante Erfahrung, auf die ich wahrscheinlich lieber verzichten würde.

Ich beschloss, mich vor dem Wegdösen lieber auf meinen Pipykrete-Dolch zu freuen.

Mit ein bisschen Glück war der fertig, bevor die mich für eine zweite Session holten.


Irgendwer sagte irgendwas und irgendwer trat mir vor die rechte Wade.

Ich brauchte eine gefühlte Stunde, um mich zu erinnern, wo ich in welcher Lage steckte.

Ach ja, nackig und tiefgekühlt, mit improvisierter Waffe gegen ein paar Nazi-Pistoleros.

Klang gut.

Ich fühlte mich gleich ein bisschen weniger kacke.

Irgendein Blödarsch trat mir vor den Kopf, wenn auch nicht sehr heftig.

»Könntest du das bitte sein lassen«, sagte ich, aber man verstand mich nicht. Vielleicht, weil mir die Fähigkeit sauberer Artikulation temporär abhanden gekommen war.

Ich wiederholte meine Beschwerde, konnte mich aber selbst kaum verstehen.

Dafür kam das Startsignal: Ich spürte Atem auf meiner Stirn.

Augen auf: Warzenwange, ein paar Zentimeter über mir.

Ich stieß den gelben Eisdolch in seinen Hals.

Ich wunderte und freute mich, dass das Ding nicht brach, merkte, wie es tiefer und tiefer eindrang, von der Wirbelsäule abrutschte, bis schließlich Warzenwanges Kehlkopf meine Faust stoppte.

Warzenwange sackte zusammen, ich rollte mich beiseite und sprang auf.

Da stand das argentinische Steak, dass ich schon mal probiert hatte, und machte große Augen.

Zwei gute Ziele.

Ich steckte den Dolch in seine linke Gehirnhälfte, sagte: »Das kommt aus meinem tiefsten Innersten« und nahm ihm seine Glock ab.

Während das Steak zusammenklappte, musste ich kichern. Die Eigenen sind echt die Besten.

Das kratzige Quäken riss Korff aus dem Schlaf.

Sie setzte sich auf, sah zum Wecker, Mitternacht, griff nach dem Tablet auf ihrem Nachttisch und aktivierte es.

Ausbruchsalarm.

Kowalski.

War ja klar.

Korff zappte durch die Überwachungskameras, bis sie die Frau im Gefangenentrakt fand. Sie trug ein T-Shirt, schlabbrige Hosen, lief auf bloßen Füßen und hielt eine Pistole in der linken Hand. Ein AUG hing an einem Riemen über ihrer Schulter. Ein Atemgerät baumelte von einer Kordel um ihren Hals.

Korff schaltete sich auf Lautsprecher.

»Kowalski, freies Geleit, wenn Sie jetzt gehen, ohne weiteren Schaden anzurichten.«

»Wie langweilig!«

Korff überlegte kurz.

»Sie können Drügi-Todt mitnehmen, Alina.«

Korff merkte selber, dass es schon ziemlich verzweifelt wirken musste, einen offensichtlich falschen Vornamen zu benutzen, um dem Appell eine emotionalere Wirkung zu geben.

»Nicht schlecht. Aber den hole ich mir sowieso. Lass uns da unter vier Augen drüber reden, Ilsa.«

Kowalski grinste in die Kamera, dann öffnete sie die Tür der ersten Zelle.

Korff legte das Tablet beiseite und zog sich an.

Sie knöpfte gerade ihre Bluse zu, als Albrecht in ihr Zimmer stürmte. Ohne geklopft zu haben.

»Sind sie wahnsinnig? Wie können Sie ihr den Doktor anbieten?«

»Brauchen wir den noch?«

»Nicht unmittelbar, aber er ist ein wertvoller-«

»Reichen Sie mir mal bitte diesen Koffer da?«

»Äh, ja … Wieso? Was ist da drin?«

»Das ist der Notfallkoffer. Als Sie meinen Rat ignorierten, habe ich diese Situation kommen sehen und Vorsorge getroffen.«

Die Gefangenen befreite ich in einem Anfall von Vernunft.

Nachdem ich Warzenwange und Steak noch geräuschlos töten konnte, kreuzte ein weiterer Söldner auf. Es gab einen Schusswechsel, der Alarm ging los.

Normalerweise hätte ich es gerne mit dem Rest von Albrechts Truppe aufgenommen. Waren ja nur noch zweiundzwanzig. Falls Ilsa nicht inzwischen wieder welche angeworben hatte.

Aber in den letzten Tagen hatten sie mich mit allem möglichen Kack vollgepumpt, etliche Male mit Betäubungsgas flachgelegt, tiefgekühlt und mir Körperteile abgetrennt.

Es ging mir also nicht total super.

Dazu kam die Panik-Session, die mir immer noch in den Knochen steckte, mich tatsächlich physisch völlig erschöpft hatte.

Psychisch auch, ich geb's zu.

Deshalb also das Kanonenfutter aus den Zellen holen.

Die hatten keine große Chance, waren aber hoch motiviert und fielen in das Hauptlabor ein wie der T-Virus.

Ich humpelte hinterher, sah zu, wie die paar Weißkittel massakriert wurden, wie die ersten Männer von Albrecht ihr Feuer auf die Gefangenen konzentrierten, bis sie von meinen Kugeln getroffen wurden und wie die restlichen vier meiner neuen Verbündeten sich bewaffneten.

»Albrecht, Korff und der kleine Doktor mit der dicken Brille gehören mir«, sagte ich.

Papa behauptet, mein Befehlston würde klingen wie der Angriff eines Schwarms zwölf Meter großer Hornissen. Sehe ich anders, aber der Vorteil ist, dass ich meine Wünsche nur einmal vortragen muss.

Korff trat behutsam aufs Gas.

Dem Drang, das Pedal in den Teppich der G-Klasse zu rammen, widerstand sie nur, weil sie fürchtete, eine Stampede der 422 Pferdestärken zu entfesseln, die auch die elektronischen Cowboys nicht mehr zügeln könnten.

In ein paar Sekunden wäre sie vom Parkplatz runter und durch das Haupttor. Hinter der Colonia würde sie der Herde die Sporen geben, bis sie mindestens hundert Kilometer zwischen sich und die Residenz gebracht hatte.

Dann konnte sie darüber nachdenken, sich mit den Dollars in ihrem Notfallkoffer eine neue Existenz aufzubauen.

Ein lauter Knall, ein Spinnennetz im Glas des Seitenfensters hinten rechts. Im Zentrum steckte allerdings keine Arachnide, sondern ein Stück Blei.

Kowalski stand im Südeingang der Residenz, beinahe idyllisch beleuchtet vom gelblichen Schimmer der beiden Hängeleuchten, und hatte Korff im Visier.

Der Passagierraum des Mercedes war gepanzert, Motor und Reifen hatte man allerdings nicht extra schützen lassen. Albrecht wollte sich lediglich die Spinner und Kleinganoven vom Leib halten, die Buenos Aires bevölkerten und nur leicht bewaffnet waren. Ein entschlossener, schlauer Angreifer würde immer einen Weg finden, hatte er gesagt, und dann wolle er lieber darauf vertrauen, dass Korff und ihre Truppe ihn raus hauten.

Mit dem ersten Teil dieser Überlegung hatte er recht behalten.

Korff konnte nicht entkommen, es gab niemanden, der sie hier raus hauen würde. Aber eine Chance hatte sie noch. Sie schaltete die Innenbeleuchtung ein, hielt eine Hand geöffnet unter ihr Kinn, mit der anderen zeigte sie auf die obere Etage der Residenz.

Kowalski blies kurz ihre Wangen auf und deutete dann in die gleiche Richtung, mit einem fragenden, allerdings leicht spöttischen Gesichtsausdruck.

Korff nickte und achtete darauf, die Hände oben auf dem Lenkrad zu lassen.

Kowalski schien einen Moment zu überlegen, dann grinste sie, winkte und verschwand in der Tür.

Korff setzte den Wagen in Bewegung und vermied es, in den Rückspiegel zu sehen.


Es war nur etwas über eine Woche her, dass ich vor dieser Tür Drehbuchschwächen in modernen Science-Fiction Schrägstrich Fantasy-Filmen aufgelistet hatte.

Jetzt stand sie auf.

Durch die Türflügel hörte ich ein schwaches Stöhnen.

Natürlich blieb ich trotzdem vorsichtig. Nach meiner Rechnung sollten sämtliche Söldner ausgeschaltet sein. Aber konnte ja sein, dass noch ein letzter Held den Oberst verteidigen wollte. Oder dass Korff mich verarschen wollte und eine Sprengfalle installiert hatte, während Albrecht sich in ihrem Kofferraum versteckte.

Aber nach ein paar Sekunden war ich sicher, dass nur Albrecht sich in seinem Arbeitszimmer aufhielt. Und der stellte mit durchlöcherten Kniescheiben keine große Gefahr dar. Auch wenn er sich schon zu seinem Schreibtisch gerobbt hatte, in dem ohne Zweifel irgendeine Knarre deponiert war.

Als er mich sah, erschreckte er.

Dann versuchte er, schlau zu sein.

»Korff hat mir das angetan. Sie hat mich ausgeraubt und ist verschwunden. Eine halbe Million, wenn Sie mir ihren Kopf bringen! Ich wusste, dass es so endet. Korff ahnte, dass Sie ihr überlegen sind, deshalb hat sie Sie dem Doktor ausgeliefert. Ich war dagegen, aber die beiden haben mich hintergangen und Sie ohne mein Wissen für ihre sadistischen Eskapaden missbraucht, das müssen Sie mir glauben!«

»Ja, klar. Warten Sie einen Moment, ich bin gleich wieder da, dann helfe ich Ihnen«, sagte ich. Dachte er, ich hätte vergessen, wie die mich überhaupt geschnappt hatten? Was für ein Idiot. Aber gut, wenn man zwei Löcher im Körper hat, erfindet man wahrscheinlich nicht mehr ganz so wasserdichte Märchen.

Ich durchsuchte seine Schubladen und fand tatsächlich eine P38, wahrscheinlich ein Erbstück vom Opa.

Dann ging ich zurück zu den Labors, wo ich einen Rollstuhl hatte stehen sehen.

Zwei Minuten später bugsierte ich Schweinebacke – Pardon: Oberst Schweinebacke – in das Ding und karrte ihn nach unten.

»Keep rollin', rollin', rollin' … rollin', rollin', rollin' …«, sang ich vor mich hin. Mehr Text fiel mir nicht ein, aber der würde ja wahrscheinlich sowieso nicht so gut passen.

Albrecht wand sich in dem Rolli.

»Wo bringen Sie mich hin? Ich brauche Hilfe, medizinische Versorgung! Mein Gott, ich werde verbluten, wenn Sie nicht was tun!«

Er fing an, zu quietschen.

Auch wenn manche Leute das anders sehen, ich bin kein Sadist. Aber ich muss zugeben, dass ich mit ziemlichem Spaß beobachtete, wie Schweinebacke mehr und mehr in Panik geriet.

Obwohl – vielleicht auch: weil – er nicht wusste, was ich mir Schönes überlegt hatte.

»So, wir sind da. Gleich tut's nicht mehr weh. Wird vorher aber noch ein bisschen brennen«, sagte ich und schob ihn zwischen den Leichen durch, vor den Plasmaofen.

Er kreischte und schlug um sich, versuchte, den Rollstuhl vom Ofen weg zu bewegen.

Ich semmelte ihm eine, sein Kinn knirschte beim Aufprall meiner Faust. Meine Knöchel hinterließen einen bleibenden Eindruck, buchstäblich.

Interessant.

Er war von dem Schlag benommen genug, keine Abwehr mehr auf die Reihe zu kriegen, aber noch hinreichend gegenwärtig, um mit zu bekommen, wie ich ihn mit dem Kopf voran, Gesicht nach oben, in den Brenner stopfte.

Ich setzte mit einem Kugelschreiber, der in Griffweite lag, den Sicherheitsschalter der Klappe außer Gefecht und betätigte den Hauptschalter.

Es dauerte überraschend lange, bestimmt fünf Sekunden, bevor Albrecht aufhörte, mit den Armen um sich zu schlagen. Ich hatte einige Mühe, ihn zu bändigen, wurde aber mit einem Spektakel belohnt, dass man sonst nur zu sehen bekommt, wenn die Bundeslade geöffnet wird.

Und da soll man ja bekanntlich besser die Augen schließen.

Ich zog ihn raus und betrachtete mir seinen Schädel. Wie vermutet, Cherubismus. Statt eines massiven Kieferknochens gab es bei ihm ein Gebilde, auf das die Bezeichnung Kieferkorallen gut passte. Es tat mir fast ein bisschen leid, dass ich da eben drauf gehauen und einen Teil dieser filigranen Struktur zerstört hatte.

Aber dann fiel mein Blick auf ein Laborutensil, das aussah wie ein Heavy-Duty-Eislöffel, und ich verbrachte zwei fröhliche Minuten damit, Albrechts Kieferkorallen zu zertrümmern.


Natürlich hoffen die meisten Leute, dass ihre letzten Worte noch ein gewisses Gewicht haben. Den untreuen Ehemann verwünschen, die unverheiratet schwangere Tochter enterben, den Freunden gestehen, dass man beim Kartenspiel geschummelt hat. Sowas in der Art. Oder einen möglichst amüsanten Aphorismus absondern, der es mit den abschließenden Statements von Churchill, Wilde oder Goethe aufnehmen kann.

Aber nach meiner Erfahrung, die eventuell nicht repräsentativ ist, beenden erstaunlich viele Menschen ihr Leben mit finalen Vokalen (»Aaaaaargh«) oder einer Variation von »He, Sie dürfen hier nicht rein!«

Die Frau, über die ich gerade hinweg stieg, während sich auf ihrem weißen Reinraum-Overall rasend schnell ein roter Fleck ausbreitete, hatte Letzteres auch behauptet.

Ich erwartete eigentlich mehr Widerstand, etwa, dass irgendein verzweifelter Labortechniker mir eine Spritze mit NRS oder UBT in den Balg jagen wollte.

Oder was auch immer die sich hier für Namen einfallen ließen für ihre Cocktails. Wer weiß, vielleicht benannten die ihr Giftzeug tatsächlich nach Cocktails? Ich kenne nicht viele, aber Singapore Sling, Planter's Punch oder Tequila Sunrise zum Beispiel kann ich mir auch gut auf Etiketten von Reagenzgläsern und Petrischalen vorstellen. Umgekehrt gibt's ja auch Agent Orange an der Bar, und da wird man nicht das Entlaubungsmittel ausschenken.

So oder so, es kam nichts. Ich hatte sämtliche Schleusen und Duschen hinter mich gebracht und stand jetzt im super-duper-top-ultra-mega-geheimen Labor.

Keiner mehr da.

Jedenfalls sah es so aus.

Auch auf dieser Etage gab es einen Plasmaofen. Ich stopfte alles rein, was irgendwie nach Viren, Bakterien oder Chemie aussah und verbrannte es, ohne auf die Label zu gucken. Falls da das Heilmittel gegen Krebs oder Grippe bei war: Pech.

Dann klapperte ich die Rechner ab, ob irgendwo jemand als Administrator eingeloggt war. Mit Erfolg, außerdem hatte dieser Computer Verbindung zum Internet. Wer immer sonst daran saß, Albrecht oder Korff waren davon ausgegangen, dass die Person keine Anhänge in Emails öffnete, die Hilfe bei Erektionsstörungen versprachen.

Ich hatte vorher schon gesehen, dass die Wewelsburg soundso bei den Betriebssystemen auf Thincode setzte. Das fand ich prima, weil mir ja ein Batzen Anteile an Thincode gehört.

Und ich kannte jemanden gut, der Thincode gut kennt.

Ich öffnete Connector und schickte eine Mail, dann rief ich den Adressaten an. Es dauerte eine Weile, in Deutschland musste es gerade fünf Uhr morgens sein, aber schließlich erschien Nikos verschlafenes Gesicht auf dem Bildschirm.

»Na, Süßer, doch schon auf den Beinen?«, fragte ich und kicherte.

»Der Witz wird immer besser, je öfter du ihn reißt«, antwortete er, setzte seine Brille auf und fügte hinzu: »Du siehst scheiße aus.«

»Gracias por tu linda opiniòn, la voy a imprimir y la voy a usar como papel sanitario. Hör mal, ich habe dir gerade eine Mail geschickt … Der Rechner hier gehört zu einem Intranet und ich möchte, dass du alle Dateien auf allen diesen Computern löschst.«

»Löschen ist etwas unsicher, ich könnte besser-«

»Verschone mich mit Einzelheiten, du weißt, was ich will.«

»Verbrannte Erde?«

»Schüsse in der Nacht, Bombenteppich, U-Boot-Jagd.«

»Okay, wie eilig ist es?«

»Fang sofort an.«

»Das gibt eine dicke Rechnung.«

»Wie wär's stattdessen mit einem Küsschen?«

»Von wegen. Okay, geh auf deinem Rechner ins Hauptquartier und gestatte den Fernzugriff, dann ist es einfacher für mich. Und dann lässt du dir im Loom die verfügbaren Knoten anzeigen.«

Ich klickte Nikos Anweisungen folgend vor mich hin, da startete die moderne Variante des alten Klischees »Bedrohung der Heldin spiegelt sich in der Teekanne«.

In eine Ecke des Bildschirms hatte ich das Fenster mit dem Videochat geschoben, in dem größtenteils Niko zu sehen war, so dramatische Sachen machend wie »auf der Tastatur tippen« oder »mit dem Rollstuhl hin und her fahren, um sich einen Kaffee zu kochen«. In der rechten, oberen Ecke dieses Fensters wiederum blendete Connector das Bild ein, an dem Niko sich erfreuen konnte: Ich, wie ich mich vor dem Computer langweilte.

In diesem Winzbild veränderten sich ein paar Pixel. Nicht, weil ich gerade gähnte, sondern im Hintergrund.


Die verdammte Schlampe ließ sich seitlich vom Stuhl fallen, eine Millisekunde, bevor die Axt nieder ging. Drügi-Todt holte aus für einen weiteren Hieb, aber gerade, als er die Arme über den Kopf gehoben hatte, traf ihn ein Schlag vor die Brust.

Kowalski lehnte an dem Schreibtisch, an dem sie gerade noch gesessen hatte, und sah ihm dabei zu, wie er auf die Knie ging und nach Luft schnappte.

»Schwierigkeiten mit dem Atmen, Kleiner? Kenne ich, das ist nicht so lustig.«

Drügi-Todt versuchte erneut, die Axt zu heben, aber noch bevor er zehn Zentimeter geschafft hatte, stand sie neben ihm, hielt seinen rechten Ellenbogen mit der einen Hand und schlug mit der anderen vor seinen Oberarm.

Gleichzeitig mit dem Geräusch des knackenden Knochens drang der Schmerz in seinen Kopf, breitete sich aus und füllte seinen Schädel. Drügi-Todt schrie, aber Kowalski stopfte ihm etwas in den Mund.

»Stell dich nicht so an, du Weichprinte. Hör mir lieber zu: Du kannst gehen.«

Für einen Moment stoppte die Überraschung den Schmerz.

»Was?«, wollte er sagen, aber der Knebel verhinderte das.

»Ja, richtig gehört, Dany. Ungelogen, ich bin dir dankbar für die Erfahrung, die du mir beschert hast. Das war interessant. Also hau ab, ich kann gerade keine Heulsuse gebrauchen.«

Drügi-Todt kam mit Mühe wieder auf die Beine. Der Gedanke, zu verschwinden, bevor die Verrückte es sich anders überlegte, schärfte seine Konzentration in ungeahnter Weise.

»Zwei Sachen noch, Doktor Drüsen-Jod: Stimmt es, dass Albrecht dich einen Virus hat basteln lassen? Der alle Nicht-Arier tötet?«

Aus Angst, nichts Falsches zu sagen, nickte Drügi-Todt nur, so heftig, dass ihm beinahe die Brille von der Nase rutschte.

»Ich habe eben allerlei Zeug in den Ofen geschmissen, aber da drüben steht dieser abgeschlossene Schrank mit den interessanten Aufklebern. Ich dachte mir, dass es keine gute Idee wäre, den ohne Schlüssel zu öffnen, aber du kannst mir bestimmt helfen ...«

Noch bevor sie zu Ende gesprochen hatte, fummelte er panisch mit der linken Hand an der rechten Seite seines Kittels.

Kowalski kam lächelnd näher, stellte sich dicht vor ihn und fischte den Schlüsselbund aus seiner Tasche.

»Ich hätte dir gerade am liebsten noch die Fleischmütze abgeschleckt, Dany-Boy. So für die zusätzliche sexuelle Demütigung. Aber Koprophagie ist nicht mein Ding.«

Kowalski öffnete die schwere Stahltür und begutachtete den Inhalt des Schrankes.

»Mir kommt gerade eine Idee: Ich werde in der Londoner Savile Row ein Koffergeschäft eröffnen, und das nenne ich dann McGuffin & Sons. Oder Daughters.«

Sie nahm den Hartschalenkoffer aus dem Schrank.

»Bevor du gehst, Dany: Du erinnerst dich, dass ich dir mindestens sechshundertelf Mal was auf die Nase geben wollte? Ich habe eine bessere Idee. Du haust jetzt ab. Und irgendwann, vielleicht morgen, übermorgen, nächste Woche, nächstes Jahr, vielleicht auch erst in zehn Jahren, werde ich dich töten. Langsam, sehr langsam, ich werde ein breit gefächertes Repertoire von Foltermethoden aus verschiedensten Kulturen an dir ausprobieren. Zuerst schicke ich dich barfuß durch einen Raum voller Lego. Und irgendwann werde ich dir die Haut in Streifen vom Gesicht schneiden. Eigentlich lasse ich dich nur deshalb gehen, weil ich noch ein bisschen Zeit brauche, das komplette Programm auszuarbeiten.«

Kowalski grinste und winkte Drügi-Todt aus dem Raum.

Doktor Tod stolperte durch die Tür, drehte sich um, machte ein paar Schritte, drehte sich wieder um.

Sie stand immer noch vor dem Schrank, winkte erneut und trug dann den Koffer irgendwo hin.

Drügi-Todt begann zu laufen, in der Gewissheit, dass seine Flucht nie enden würde.


Der übersichtliche Inhalt des Hartschalenkoffers: Zwei transparente Zylinder, eingebettet in Formschaum.

Ich popelte einen raus, klopfte dagegen: Superfester Kunststoff, der direktem Beschuss mit NATO-Munition standhalten konnte.

Darin steckten in jeweils zehn Petrischalen die Virenkulturen aus der Züchtung von Doktor Tod. Wenn der nicht gelogen hatte, begutachtete ich das Ende von rund sechs Milliarden Menschenleben, gekühlt mindestens haltbar bis: Siehe Rückseite.

Die Versuchung ließ meine Hände zittern.

Zwanzig Petrischalen. Eine kleine Reise um den Globus zu den wichtigsten Flughäfen, dort jeweils in die Kameras grinsen und eine Schale öffnen.

Das würde mich zur größten Massenmörderin in der Geschichte der Menschheit machen.

Es würde Jahrzehnte, vielleicht Jahrhunderte dauern, bis die Bevölkerung wieder ausreichend gewachsen wäre, dass man überhaupt Gelegenheit hätte, diesen Rekord zu brechen.

Mir wurden tatsächlich die Knie weich angesichts dieser Chance, ich musste mich setzen.

Ich malte mir aus, dass ich mich in einem einigermaßen zivilisierten Land festnehmen lassen würde, wo man Leute wie mich nicht gleich auf offener Straße in Stücke reißt oder in einem dunklen Gefängnishof den Genickschuss gibt. Dann könnte ich vor Gericht noch ein paar gute Sprüche bringen, »Why so serious« oder sowas. Den Ruhm genießen.

Aber eines störte mich: Vorausgesetzt, das Zeug funktionierte, wie es sollte, würden nur Mitglieder der nicht-arischen Rassen sterben müssen.

Konnte Doktor Tod sowas zusammen brauen?

Ist das überhaupt möglich?

Was weiß ich.

Könnte ja sein.

Und dann würde ich als die größte Rassistin aller Zeiten in die Geschichte eingehen.

Das wäre kacke.

Vor meinem geistigen Auge erschien das Fernsehbild einer dürren Trailer-Park-Bitch, die mich in Schutz nahm und dem Interviewer erklärte, dass ich nur Instrument von Gottes Wille gewesen sei.

Schnitt zu einem Pfeife rauchenden Vollbart, der mit vielsilbigen Worten darstellte, dass es schon seinen Grund hätte, warum die Weißen alle noch am Leben wären; dass Eugenik doch eigentlich ein gute Idee sei und man bei dieser Gelegenheit die Fortpflanzung der wenigen überlebenden Nicht-Kaukasier auch gleich unter staatliche Kontrolle stellen könne.

Das wäre echt kacke.

Ich fummelte den zweiten Behälter aus dem Formschaum, stellte die beiden Zylinder in den

Plasmaofen und betätigte den Schalter so lange, bis nur noch eine Plastikpfütze übrig blieb.

Eine schwere Entscheidung, aber meine berufliche Ehre war mir wichtiger als der sportliche Erfolg. Meine Morde hatte ich nie abhängig von Rasse, Religion oder Geschlecht gemacht. Immer nur von der ausgehandelten Entlohnung und pragmatischen Gesichtspunkten. Ich durfte keinen Unterschied machen – jeder Mensch hat das Recht, von mir getötet zu werden.

Abgesehen davon hatte mich auch niemand für ein paar Milliarden Tote bezahlt.


Nikolas Ziegler sah auf seinem Monitor nur die zertrümmerte Lehne des Bürostuhls.

Erst hörte er Kowalski, verstand aber nichts von dem, was sie sagte. Keine Überraschung, sobald sie etwas weiter von einem Mikrofon entfernt sprach, klang es, als würde man eine hundert Jahre alte Phonographenwalze zum millionsten Mal abspielen.

Jemand anderes hörte er nicht, aber für einen Augenblick kam etwas ins Bild, das aussah wie der Teil einer längeren weißen Jacke. Vielleicht eine Krankenschwester?

Dann lief Kowalski mit einem Koffer von links nach rechts, eine Minute später gab es ein fauchendes Geräusch.

Und jetzt platzierte sich die Frau, die er mit einigem Widerwillen als »eine Freundin« bezeichnen würde, wieder vor der Kamera.

Eben war sie schwer angeschlagen gewesen. Nichts Ungewöhnliches, und er hatte sich die Frage nach dem »Warum« gespart, weil er wusste, dass er nur mit einer dummen Antwort abgespeist würde.

Aber sie hatte einen vergnügten Eindruck gemacht. Er kannte diesen Gesichtsausdruck nur zu gut: Wahrscheinlich hatte sie ein paar Dutzend Leute getötet.

»Was ist los?«, fragte er nun und, bevor er sich bremsen konnte: »Du siehst so traurig aus …«

Kowalski starrte einen Moment in den Monitor.

»Ich habe gerade die Chance, zur Legende zu werden, das Klo runter gespült.«

»Warte mal … du bereust das?«

»Ein bisschen.«

»Das ist erschreckend menschlich. Für dich.«

»Wenn du wüsstest. Nach allem, was ich in den letzten Tagen erlebt habe, könnte ich die blaue Fee zu Recht bitten, einen richtigen Jungen aus mir zu machen.«

»Wenn du drüber sprechen willst …«

»Nein. Wie weit bist du mit den Computern?«

Niko sah nach den Ziffern unter dem Fortschrittsbalken.

»Noch etwa drei Minuten, dann sollte alles geschreddert sein.«

»Gut, das ging ja schnell. Bis dahin bin ich auch bereit.«

»Wofür?«

»Aufräumen.«

Sie ließ ihren Daumen aus der Faust schnellen.

»Der übliche Anfall von Zerstörungswut«, sagte Nikolas.

»Ich bin nicht zerstörungswütig. Ich bin zerstörungsfreudig. Destruktophil, kannst du nachschlagen. Besitos, mi vida!«

Dann wurde das Connector-Fenster dunkel, sie hatte die Video-Übertragung beendet.

Nikolas Ziegler saß noch vor seinem Rechner, bis er angezeigt bekam, dass auf sämtlichen Festplatten innerhalb dieses Looms jedes einzelne Byte an eine zufällige Stelle geschoben worden war. Unmöglich, die ursprünglichen Daten zu rekonstruieren.

Dann rollte er wieder ins Schlafzimmer, fest entschlossen, sich keine weiteren Gedanken um Kowalski zu machen.

Als ob die blaue Fee sich nicht auf dem Boden kugeln würde vor Lachen.


Im Schnelldurchlauf:

Ein paar Kanister mit brennbarem Zeug, aufgeschraubt, einmal durch die Labore und die Residenz. Draußen ein Feuerzeug an die Spur gehalten.

Inferno.

Torino: fuhr sich wie ein Schlauchboot.

Buenos Aires, Schiff, Deutschland.


(Transkription fernmündlicher Abschlussbericht Subunternehmer 8475/k, vollständiger Gesprächsverlauf nur unter Vorlage der Bescheinigung G53 einsehbar)

…

»Ich würde ja sagen, um den Maulwurf zu finden, guckt doch einfach mal, wer in Eurem Laden durch extreme Rechtslastigkeit aufgefallen ist. Aber das hieße wohl, den Strohhalm im Heuhaufen zu suchen.«

»Das ist nicht witzig. Diese Person ist offenbar für den Tod dreier Agenten mitverantwortlich. Was das betrifft, sind Sie ganz sicher?«

»Bei einem, (zensiert), zu hundert Prozent. Also würde ich nicht mit angehaltenem Atem darauf warten, dass die anderen Beiden sich zurück melden.«

...

»Dieser Virologe, von dem Sie sprachen, (zensiert) ... uns liegt ein Bericht vor, nach dem man ihn in Belgrad gefunden hat.«

»Ach ja?«

»Ja. Jemand hat ihn mit einem sehr langen Schraubendreher an einen Holzbalken genagelt.«

»Na, sowas.«

»(zensiert) Rückenmark wurde durchtrennt, so dass er vom Hals abwärts gelähmt war. Aber er hat so wenig geblutet, dass er noch vierundzwanzig Stunden lebte.«

»Fachkundige Ausführung, würde ich sagen.«

»Er hätte sogar überlebt, wenn man ihm dann nicht doch eine Kugel in den Kopf gejagt hätte. Wissen Sie etwas darüber?«

»Klingt, als ob jemand sauer auf ihn war und ihm ein Leben im Schmerz bescheren wollte. Dann aber doch gedacht hat, dass er sein Wissen zum Übel der Menschheit auch gelähmt noch verbreiten kann.«

»Waren Sie das?«

»Ich tue nur das, wofür man mich bezahlt. Und das war eine geschickte Überleitung zu einem Thema, das mir am Herzen liegt: Die Schurken sind tot, die Apokalypse vertagt, das Mädchen hat sich gerettet ... und wartet auf die Knete.«

»Das ist etwas schwierig, wissen Sie ...«

»Alter, ich habe ganz genaue Instruktionen hinter-lassen, wohin die Überweisungen gehen sollen.«

»Ja, schon, aber das Problem liegt eher darin, dass wir nicht wissen, aus welchem Haushaltskonto-«

»Hör mir zu, Arschgeige. Ich war schon mal in Pullach. Schönes Städtchen. Wäre echt schade, wenn es da zu Kollateralschäden kommen würde.«

»Als ob Sie es wagen würden, den BND-«

»Würde ich nicht? Willst du dich darauf verlassen?«

# DANKE

Andrea

# KONTAKT

Kritik oder Lob, Fragen oder Anregungen?
Schreiben Sie mir: baf@prosaschleuder.de

## SÜDSCHIENE

Michael Eichendorf, Archivar beim Verfassungs-schutz, soll Kontakt mit dem Verkäufer einer Stasi-Akte aufnehmen, aber der Mann wird ermordet. Und er ist nicht der letzte Tote …

Was steht in dieser Akte? Was macht sie mehr als 20 Jahre nach dem Ende der DDR noch so brisant, dass Menschen dafür sterben müssen? Was wird am Tag der Deutschen Einheit passieren?

Auf der Suche nach Antworten kommt Michael auf die Spur einer mörderischen Verschwörung, die Deutschland in seinen Grundfesten zu erschüttern droht. Zur Seite steht ihm nur eine ebenso attraktive wie skrupellose Leibwächterin. Aber wie weit reicht deren gekaufte Loyalität?

## BLEILAWINE

Rosalie Montag und Jaromil Puletka lieben sich, aber ihre Eltern leiten Schmugglerbanden, die im deutsch-tschechischen Grenzgebiet konkurrieren.

Schlechte Aussichten für die Zukunft des jungen Paares, bis eines Tages Kowalski in das Dorf kommt …

Die filmverrückte Nervensäge und professionelle Mörderin lässt sich von Rosalie engagieren, deren Probleme mit aller Gewalt zu lösen.

## MRS. PINK

Nach einem erfolgreichen Auftragsmord wird Kowalski entführt. Auf einer Insel zwingt man sie und andere Größen ihrer Branche, gegeneinander anzutreten. Nur mit einem schlechten Witz bewaffnet, kämpft Kowalski ums Überleben.

Währenddessen folgt ihr Vater der erkaltenden Spur seiner Tochter ...

## VATERLÄNDER

19. Oktober 1977: Die Befreiung der von Terroristen entführten Lufthansa-Maschine Landshut scheitert, das Flugzeug explodiert. Bundeskanzler Schmidt tritt zurück.

Oktober 2005: Bei einem terroristischen Anschlag in der BRD wird Jens Lüttecke getötet, der Botschafter der DDR.

Yeter Gürsoy, Kriminalhauptinspektorin aus Ost-Berlin, wird als offizielle Beobachterin nach Westdeutschland geschickt, um die Ermittlungen des BKA zu begleiten.

Im Zuge ihrer eigenen Nachforschungen findet sie heraus, dass Lüttecke kein zufälliges Opfer war, sondern zentrale Figur einer unfassbaren Verschwörung.

Ein Polit-Krimi aus einer alternativen Welt, in der die Rollen von Überwachungsstaat und Demokratie zwischen den beiden deutschen Staaten neu verteilt wurden.